I0635410

OEUVRES

DE

GEORGE SAND

ŒUVRES

DE

GEORGE SAND

NOUVELLE ÉDITION

FORMAT GRAND IN-18

OUVRAGES PARUS OU A PARAITRE :

ANDRÉ. . . . . Un volume.

ELLE ET LUI. . . . . Un volume.

LA FAMILLE DE GERMANDRE. . . . . Un volume.

INDIANA. . . . . Un volume.

LES MAITRES MOSAÏSTES. . . . . Un volume.

LES MAITRES SONNEURS. . . . . Un volume.

LE MARQUIS DE VILLEMER. . . . . Un volume.

MAUPRAT. . . . . Un volume.

MONT-REVÊCHE. Un volume.

NOUVELLES. . . . . Un volume.

VALENTINE. . . . . Un volume.

VALVÈDRE. . . . . Un volume.

LA VILLE NOIRE. . . . . Un volume.

ETC., ETC.

PARIS. — IMPRIMERIE DE J. CLAYE, RUE SAINT-BENOIT, 7.

LA FAMILLE
DE GERMANDRE

PAR

GEORGE SAND

PARIS

MICHEL LÉVY FRÈRES, LIBRAIRES-ÉDITEURS

RUE VIVIENNE, 2 BIS

1861

A MON AMI

VICTOR BORIE

LA FAMILLE

DE GERMANDRE

———————————————

I

Les premiers jours de juillet 1808 virent s'accom-
plir au château de Germandre, en Bourbonnais, des
événements assez romanesques. C'est de ces trois
journées que nous allons essayer de suivre toutes les
phases et de tracer un fidèle récit.

Germandre était une terre considérable, de la
valeur d'un million tout au moins. L'antique manoir,
situé dans un agreste paysage, était somptueusement
meublé à l'ancienne mode, sans aucun égard pour

celle du moment, qui n'admettait que de pauvres
et menteuses imitations des arts grec et romain. On
y voyait donc encore des lits à colonnes torses richement sculptés, que le mépris des modernes traitait de
corbillards, ou de ces lits François Ier montés sur des
estrades et dressant jusqu'au plafond leurs dossiers
revêtus d'ouate et de satin piqué, véritables monuments qui donnaient l'idée de l'importance des personnages dont ils avaient jadis abrité le sommeil.
Dans toutes les chambres, les unes tendues de cuir
doré, les autres de tapisseries des plus curieuses,
un amateur d'antiquailles (*antiquailles* était alors un
terme de dédain) pouvait s'arrêter longtemps à contempler, entre autres raretés, les tambours des
portes et le revêtement des embrasures en bois
sculpté avec reliefs dorés, les cheminées enjolivées
de figures et de guirlandes dans le goût de la Renais-
sance, les unes en marbre, d'autres en bois ou en
pierre, peintes de couleurs si vives, qu'elles sem-
blaient achevées de la veille; mais surtout les sujets
représentés sur les murailles, et qui méritent une
mention particulière.

Au temps où le manoir avait été décoré, soit que le propriétaire fût un mari trompé ou un célibataire ennemi du beau sexe, soit que la mode du moment fût tournée à un certain genre de satire, l'unique préoccupation de l'artiste chargé de ce décor avait été de signaler la perversité féminine et de ridiculi- ser la débonnaireté de l'homme. Ainsi, dans les pan- neaux des boiseries, on voyait une femme acéphale attendant que deux démons eussent achevé de for- ger la tête qui lui était destinée. Plus loin, la femme pesait dans une balance une croix, symbole de la vertu et du devoir, et une plume de paon, emblème de frivolité et de vanité mondaine. Le plateau qui contenait la plume emportait entièrement celui qui contenait la croix. Un peu plus loin, armée d'un poi- gnard, la femme s'apprêtait au meurtre de son mari ou de son amant; ailleurs encore, elle mangeait des cœurs humains. Plus de deux cents de ces représen- tations attestaient l'amère fécondité d'idées de l'arti- san, ou du Mécène qui avait dirigé son ciseau.

Dans le préau, sous les arcades élégantes d'une sorte de cloître, on voyait des fresques curieuses,

exécutées d'une manière barbare, et qui représen-
taient des monstres fantastiques : la *bigorne*, la *chi-
che-face*, sortes de chimères à tête ou à buste de
femme qui dévoraient de pauvres mortels vaincus et
sanglants. Au-dessous de ces peintures, on lisait des
dicts ou légendes rimées en vieux langage et appro-
priées au sujet : poésies étranges, ironiques, atroces
de rancune contre les séductions perfides de la
femme, de mépris pour la crédulité stupide des
amants. Entre ces fresques disposées en tableaux,
des têtes d'animaux cornus, de cerf, de moufflon, de
renne, de buffle, sortaient de la muraille au-dessus
de médaillons encadrant des *dicts* du même genre en
l'honneur des époux ridicules. Tout cela paraissait à
peu près intact : mais on disait que le dernier pos-
sesseur du manoir, mort célibataire dans un âge
avancé, avait fait réparer avec soin les sujets et les
inscriptions, autant par aversion pour le mariage
que par respect pour l'archéologie.

Quant au mobilier, il semblait que la grande destruction révolutionnaire n'eût point passé par là ; et,
en effet, elle s'était arrêtée devant la porte, qui con-

servait ses écussons armoriés et tout le fini de sa décoration architecturale.

Le marquis Symphorien de Germandre, né en 1728, avait été l'aîné de quatre frères, savoir : le comte Jules, qui, sous Louis XV, avait été pourvu d'un régiment et qui avait fait un assez bon mariage; le baron Antoine, qui avait vécu de divers emplois et pensions; le chevalier, qui n'eut rien, et l'abbé, qui s'arrangea d'un bénéfice. On voit qu'en vertu du droit d'aînesse, le marquis avait accaparé tout le patrimoine.

Le comte était mort sur l'échafaud révolutionnaire, et le baron dans l'émigration, laissant tous deux des enfants. L'abbé avait jeté le froc aux orties et vivait en bonne intelligence avec sa gouvernante, professant, à l'occasion, des opinions à la hauteur des circonstances, et vivant d'un legs que lui avait fait une de ses tantes. Le chevalier, après un mariage d'amour qui fut heureux malgré la pauvreté, mourut du chagrin d'avoir perdu sa femme, laissant un fils qui n'hérita que de son titre modeste et d'un avoir plus modeste encore.

On voit qu'à l'exception de l'abbé, le marquis de
Germandre avait survécu à tous ses frères, et, de
ceux-ci, l'abbé seul était vivant; car, au 1er juillet 1808, on procédait aux funérailles du marquis,
décédé quinze jours auparavant, dans sa quatre-
vingt et unième année. C'était un personnage mystérieux et bizarre que ce marquis. Il n'avait jamais été
avare; mais il avait toujours passé pour égoïste, ne
se refusant rien, ne faisant pour les autres que le
strict nécessaire, et professant pour règle de conduite que chacun doit se trouver content quand ses
ressources sont en rapport avec sa capacité.

On devine aisément que sous cette rigide maxime
se cachait ou plutôt se révélait l'orgueil d'une intelligence satisfaite d'elle-même. Le marquis n'était
pourtant pas un homme de génie. Il était savant,
mais savant sans spécialité, à moins qu'on ne veuille
appeler ainsi une grande habileté pour certains ouvrages sans utilité aucune, dont nous aurons assez
souvent lieu de parler plus tard, et qui avaient absorbé jusqu'à la passion, jusqu'à la monomanie, les
dix dernières années de son existence. Chose étrange,

et qui n'était pas un des côtés les moins mystérieux
de son organisation ou de son humeur, malgré l'orgueil de son nom et de sa fortune, il n'avait jamais
songé à se marier, remettant toujours au lendemain
ce dérangement dans ses habitudes. Absorbé par des
études tantôt sérieuses, tantôt frivoles, et donnant
presque toujours la préférence à celles-ci, il avait si
bien compliqué sa vie intérieure, il l'avait obstruée
de tant de projets, de fantaisies, de curiosités et de
spéculations intellectuelles, qu'il n'avait jamais
trouvé le temps d'être heureux, et encore moins
celui d'être un savant fécond. Il était l'homme des
minuties et des argumentations pédantesques, passant six mois à écrire une brochure pour réfuter un
mot sans importance dans un vieux ouvrage scienti-
fique dont personne ne se souciait plus; voulant
apprendre des langues perdues qu'il n'avait pas le
génie de reconstruire et dont il ne s'appropriait que
le cadavre; chérissant le dispendieux pour sa bourse
comme pour son intelligence. Doué d'une grande
mémoire, d'une certaine facilité, d'un esprit de contradiction effroyable, d'une patience à toute épreuve

1.

sans véritable persévérance, on peut dire qu'il avait
l'amour de l'inutile et l'invincible besoin de chercher et de découvrir quelque chose à quoi personne
n'eût jamais songé, quelque chose qui n'eût de valeur à ses yeux que parce que la saine raison ne
pouvait lui en attribuer aucune. Dans les derniers
jours de sa vie et jusqu'à sa dernière heure, ne pouvant plus s'occuper dans son laboratoire, il prenait
plaisir à proposer de puériles énigmes à ses méde-
cins et à ses valets. Il n'était plus, le vieux sphinx,
mais il avait emporté avec lui la plus terrible de ses
énigmes, celle de sa succession; et c'est pour en
avoir enfin le mot que tous ses héritiers, jeunes et
vieux, petits et grands, se trouvaient réunis, le
1er juillet, au manoir de Germandre.

Mais n'oublions pas de dire comment la Révolution avait passé sur le manoir et sur le châtelain sans
ébranler ni l'un ni l'autre. Longtemps avant l'explosion, le marquis s'était montré peu soucieux des
préjugés de sa caste; il avait su tendre le dos à la
tempête sans paraître la redouter. Fin et railleur, il
avait fait à propos d'habiles sacrifices d'argent aux

ambitions des mauvais meneurs, et d'ergoteuses
concessions de principes aux influents de bonne foi,
si bien qu'il traversa la Terreur sans émigrer, sans
être dénoncé et sans perdre sa fortune.

D'après sa volonté dernière, exprimée devant de
nombreux témoins, on avait embaumé son corps,
on l'avait exposé dans la chapelle de son château, et
on avait donné avis à tous ses parents, à quelque degré que ce fût, de la double solennité à laquelle il
les conviait pour ainsi dire de l'autre vie : la cérémonie de ses funérailles dans le caveau de famille et
la réunion immédiate dans la grand'salle des audiences, où l'on devait donner lecture de son testament et savoir enfin qui hériterait d'un million en
immeubles et de sommes considérables placées chez
divers banquiers ou enfouies dans des cachettes
mystérieuses.

Car, à propos d'un homme si bizarre, on pense
bien qu'il n'était pas de commentaire trop fantastique pour les imaginations surexcitées. On disait
et plus d'une vieille femme croyait fermement qu'il
avait fait de l'or moyennant un pacte avec le diable.

Il s'était repenti sans doute, puisqu'il était mort
chrétiennement et avec beaucoup de calme; mais
les trésors, les avait-il rendus à Satan en lui reprenant son âme? On se réjouissait qu'il eût trépassé
dans le sein de l'Église; mais on n'eût pas été fâché
de retrouver les dons infernaux et d'en être l'heureux légataire.

Nul ne pouvait soupçonner les intentions du marquis. Il ne les avait jamais laissé pressentir à personne, traitant avec la même indifférence tous les
membres de sa famille, leur venant en aide au
besoin dans des proportions très-prudentes, ne per-
mettant à aucun d'eux d'accaparer son temps et de
troubler sa solitude, ne répondant jamais à aucune
lettre, à moins qu'on ne lui demandât un service,
auquel cas il faisait répondre par son premier valet
de chambre, pour accorder, quand il le jugeait à
propos et toujours dans d'assez sévères limites, la
démarche ou le secours qui lui était réclamé.
Jamais brutal ni pédantesque dans les courtes
épîtres qu'il dictait, il faisait toujours sentir la
griffe d'un homme moqueur et méfiant sous la

froideur polie d'un cœur insensible ou désabusé.

Puisque nous avons parlé du premier valet de chambre et qu'il doit forcément jouer un rôle dans cette histoire, on nous permettra d'esquisser rapidement son portrait.

Grand, mal bâti, marqué de la petite vérole jusqu'à en avoir perdu les sourcils, M. Labrèche, qui se faisait appeler M. de Labrèche par les fournisseurs du château, était le type du sot dans toute son extension. Comme il avait une belle écriture et savait faire, à main levée, des parafes en queue d'oiseau, le marquis l'avait employé à recopier ses nombreux manuscrits. A force d'écrire en comptant les lettres et les syllabes, il était arrivé à mettre, de routine, la vieille orthographe de son maître et à pouvoir obéir à la dictée. C'est pourquoi il se regardait comme un homme très-instruit et donnait à entendre aux gens du village qu'il avait fait ses études et connaissait le latin. Plein de son mérite, et s'imaginant de bonne foi que le défunt, qui, par parenthèse, ne l'avait gardé à son service qu'à cause de sa stupidité, lui avait rendu justice, Labrèche ne comptait pas seulement sur ce qu'on appelle un souvenir, mais sur une bonne petite pension qui lui permettrait de satisfaire sa passion pour la nonchalance et la lecture des romans. Il rêvait déjà une maisonnette tranquille avec un serviteur à ses ordres et un arrangement avec les libraires des environs pour avoir tous les *ouvrages* nouveaux. M. Labrèche rêvait bien aussi d'une compagne selon son cœur; mais, habitué à lire des aventures de héros et de princesses, il ne pouvait descendre à des personnes de sa condition; car, avant tout, il voulait être *compris*.

On pense bien que, le grand jour arrivé, M. Labrèche se leva plus tôt que de coutume. Il procéda à une toilette de deuil d'une élégance recherchée, se couvrit de parfums, noua un immense crêpe à son bras et prit des airs de maître avec les autres valets, enviant, ce jour-là, les fonctions de M. Guillot, le majordome, qui portait l'épée et devait recevoir les arrivants; s'efforçant d'empiéter sur ses fonctions et se promettant de haranguer quelque peu lorsque celui-ci resterait court, comme cela lui arrivait souvent, dans les compliments de longue haleine.

Le premier qui se présenta fut le chevalier Sylvain de Germandre, avec ses deux enfants, un garçon de douze ans et une fillette de huit, qu'accompagnait une grande villageoise proprement vêtue de
deuil. Le chevalier était un des plus proches parents
du défunt, le propre fils de son frère. Comme son
père, il s'était marié selon son inclination. Il était
veuf et âgé de trente-huit ans. C'était un homme
de taille et d'apparence médiocres, excessivement
timide, mais d'une figure agréable et distinguée. Le
majordome alla au-devant de lui et lui demanda
poliment qui il était. Le chevalier déclina ses noms
et qualités et fut invité à entrer dans le salon en
attendant la cérémonie; mais il préféra se promener dans les jardins, sa timidité lui faisant redouter
la rencontre des personnes du monde, avec lesquelles
il lui eût fallu faire la conversation.

Quant à Labrèche, ayant vu le chevalier descendre d'une pauvre carriole traînée par une maigre
haridelle, il ne daigna pas se déranger et ne s'enquit
même pas du nom et de la condition d'un si mince
personnage. Il réservait ses frais de toilette et d'élo-

quence pour des gens plus capables d'en sentir le prix.

Après le chevalier, on vit arriver, sur un beau cheval de bataille, le comte Octave de Germandre, petit-fils de celui qui avait péri sur l'échafaud, petit-neveu du défunt par conséquent; ses parents s'étaient jetés dans la Vendée; son père y avait trouvé la mort dans un engagement; sa mère était morte de chagrin et de misère. Octave, sans ressources et sans instruction, mais tenant de son malheureux père une fierté patriotique bien entendue, n'avait pas voulu chercher fortune au service de l'étranger. Après avoir fait, dès l'âge de treize ou quatorze ans, ses premières armes dans les halliers bretons, il s'était tenu caché, errant, rongeant son frein en silence, ne trouvant pas et ne désirant peut-être guère trouver l'occasion de s'instruire, ne comprenant, ne rêvant que la carrière militaire, et attendant avec impatience qu'un pouvoir stable mît fin à la Révolution et lui permît de servir la France sans trahir ses principes et ses sentiments.

Ce moment arriva, selon lui, au 18 brumaire. Il

vit dans Bonaparte l'archange qui écrasait le monstre
de l'anarchie, et, se berçant peut-être, avec beaucoup de personnes de sa caste, de l'idée que le premier consul travaillait pour les Bourbons, il prit
du service et se distingua rapidement par sa bravoure.

A l'époque où nous le voyons apparaître, Octave
de Germandre avait vingt-huit ans, et il était capitaine de chasseurs. Il avait fallu commencer par
être soldat, et, d'ailleurs, ce n'était plus le temps
des avancements fabuleux où il avait rêvé le grade
de général à vingt-cinq ans. Tout s'était régularisé,
toutes les individualités tendaient à s'effacer, bon
gré mal gré, devant celle de Napoléon, ou à ne plus
se dessiner que comme des rôles dictés et limités
par sa volonté souveraine. C'était là une déception
pour les jeunes gens de l'opinion et de l'humeur
d'Octave; mais ils étaient retenus sous le drapeau
français par le point d'honneur et par la nécessité de
poursuivre une carrière sans autre issue que l'avancement régulier.

Doué d'une vraie spécialité militaire, ou parent à

quelque degré d'une des puissances du jour, Octave
eût pu espérer mieux. Il était brave comme un lion ;
mais il manquait d'instruction militaire, et, n'ayant
pas, de bonne heure, appris à apprendre, il ne cherchait pas à étendre sa capacité. Il était, en outre,
d'un caractère assez difficile. Aigri par le malheur
dès son jeune âge, et tenant peut-être un peu, par
nature, de l'esprit de contradiction du marquis son
grand-oncle, il était mécontent de parti pris. Au lendemain d'une victoire, il trouvait toujours à redire ;
on eût dû lancer la cavalerie plus tôt ou plus tard,
tourner certaine position, attaquer telle autre ; tout
le monde avait fait des fautes, et le général en chef
plus que tout le monde. Il résultait de là pour lui
des discussions, des querelles, des duels et des ennemis. Il avait maltraité plus d'un adversaire et reçu
plus d'une blessure, sans compter celles du champ
de bataille ; et, malgré d'éminentes qualités et de
bons services, il avait mérité l'épithète soldatesque
de *mauvais coucheur*.

En dépit de ces travers et de ces vicissitudes, Octave était un beau et honnête garçon, doué de beau-

coup d'esprit naturel, et très-généreux au fond du
cœur. Si on eût pu le guérir d'une susceptibilité extrême et d'une envie perpétuelle de reprendre ou de
railler, on eût trouvé en lui un grand fonds de franchise et de bonté. S'il avait des ennemis irréconci-
liables, il avait aussi des amis dévoués; mais,
comme les premiers étaient les plus nombreux et
les plus puissants, il risquait fort de n'être jamais ni
puissant lui-même, ni véritablement heureux. Les
femmes, auxquelles il plaisait d'abord par sa jolie
figure et sa belle prestance, arrivaient vite à se méfier de sa méchante langue ou de ses dépits amers,
exagérés en outre par les officiers de son régiment,
ses rivaux naturels auprès du beau sexe.

Labrèche, qui avait mis sur le programme de sa
journée le projet de se faire bien venir de tous les
prétendants à l'héritage, dans l'espoir d'être récom-
pensé de ses soins par l'heureux légataire, ne laissa
point passer inaperçue l'arrivée du brillant officier.
Il lui offrit ses services avec un mélange de plati-
tude et de familiarité qu'il crut tout à fait propre à
gagner son cœur. Mais le jeune comte l'en récom-

pensa par de tels quolibets sur son ton et sa figure, que Labrèche crut comprendre qu'on se moquait de lui, et, sans en rien faire paraître, il se sentit des velléités de vengeance.

Octave était beaucoup plus pressé de voir reluire ses bottes et d'endosser son joli uniforme de grande tenue que d'écouter pérorer ce prétentieux subalterne. Quand son chasseur l'eut aidé à se faire aussi beau que pour la parade, il courut se regarder de la tête aux pieds dans une des grandes glaces du salon, moitié content, moitié inquiet de lui-même. Octave ne tirait pas une sotte vanité des avantages de sa personne; mais il avait, pour être agréable et séduisant ce jour-là, des motifs assez sérieux : Hortense allait arriver !

Hortense de Sévigny, née de Germandre, était la fille du baron, second frère du marquis, celui qui était mort dans l'émigration après avoir épousé, à cinquante ans passés, une jeune Polonaise sans fortune. Née et élevée en Pologne, Hortense s'était mariée, elle aussi, à seize ans, avec un émigré riche et âgé, le comte de Sévigny, qui ne l'avait pas

rendue fort heureuse. Veuve à dix-huit ans, elle
avait décidé sa mère à venir habiter cette patrie inconnue dont elle avait toujours rêvé. Elle avait vingt
ans en 1808, et c'était une des plus jolies femmes
de l'époque. Son mari lui avait légué quelque chose
comme vingt mille livres de rente, dont elle avait
placé le capital sur la Banque de France. Ce n'était
pas de quoi mener un grand train dans un temps
de luxe ; mais c'était de quoi vivre selon ses goûts,
avec une modeste élégance.

Gracieuse et spirituelle, très-douce et très-sen-
sible, Hortense n'était pas coquette. Elle se savait
charmante et ingénument se sentait très-heureuse
d'être admirée. Mais son rêve était d'être aimée fidè-
lement et de faire un mariage d'inclination. Elle
était prête à sacrifier au bonheur vrai tous les succès et tous les plaisirs du monde. Elle était enthousiaste des romans de madame de Staël, et, sans
viser à être une femme supérieure comme Corinne
ou Delphine, elle portait dans son âme tous les sentiments généreux que l'écrivain de génie avait pris
en elle-même pour en parer ses héroïnes.

Elle était dans ces idées lorsque, six mois avant la
mort du marquis, son cousin Octave vint en congé
à Paris, où elle-même était installée. Elle était un
peu en réaction contre les idées arriérées de son
défunt mari ; mais elle aimait les Français de son
temps, c'est-à-dire la gloire, le poëme des exploits
guerriers ; elle partageait l'enivrement de la France.
Octave lui sembla très-intéressant, pauvre et fier
sous son uniforme, avec une jolie petite cicatrice
au front et un bras en écharpe. Il n'y avait point là
de perfide camarade pour lui dire que, si une des
blessures avait été reçue en Espagne au champ
d'honneur, l'autre était la conséquence d'une mauvaise plaisanterie. Elle pensa tout de suite qu'une
belle action à faire serait de donner sa main, son
cœur et ses vingt mille livres de rente à ce proche
parent malheureux et digne, spirituel et beau. Elle
en parla à sa mère, qui était sa meilleure amie.

— L'aimez-vous ? répondit l'aimable Polonaise,
qui, tout en parlant du véritable amour avec beaucoup de charme, avait toujours été fort positive au
fond de l'âme.

— Si je l'aime? répondit Hortense, qui ne s'était
pas beaucoup interrogée elle-même avant de consulter son oracle. Attendez, maman; je n'en sais
rien! Je ne le connais pas; mais il me semble que
je voudrais l'aimer, afin d'épouser un homme malheureux dont je serais le bon ange.

Madame de Germandre ne ressentait pas beaucoup de sympathie pour Octave. Il avait trop laissé
voir, dès le premier jour, qu'une femme de qua-
rante ans n'était plus jeune à ses yeux, et madame
de Germandre voulait, sinon des hommages, du
moins des égards pour ses charmes encore réels.
Elle avait ouï dire, en outre, qu'Octave était duelliste et un peu joueur. Connaissant bien le cœur
féminin, elle ne voulut point dissuader sa fille de ce
mariage. Tout au contraire, elle la força d'y songer
un peu plus qu'elle ne s'y sentait portée. Elle feignit de prendre au sérieux la fantaisie d'un moment,
et encouragea les visites du cousin, au lieu de les
craindre.

C'était jouer gros jeu, car Octave avait des côtés
fort séduisants; mais madame de Germandre con-

naissait la délicatesse des goûts et des impressions
de sa fille. Hortense, au bout de quelques entrevues,
commença à trouver son cousin un peu frondeur et
irritable. Elle s'en effraya, et le vit avec une émotion
décroissante. Quand, au bout de quelques semaines,
il rejoignit son régiment en garnison à Blois, elle
éprouvait encore pour lui une généreuse sollicitude ;
mais elle n'avait aucun désir d'associer son existence
à la sienne, et, quand sa mère lui demanda où elle
en était :

— Je devrais et je voudrais l'aimer, répondit-
elle ; mais j'ai beau exhorter ma conscience de sœur
et d'amie, je ne me réconcilie pas encore avec ses
défauts.

Octave, malgré tout son esprit, n'avait pas bien
compris la situation. Il avait pénétré assez habile-
ment, dans le principe, l'effet produit par sa figure
et les malheurs de sa jeunesse sur la *sensible* Hortense. Il s'était un peu enflammé à l'idée d'un mariage si sortable et si avantageux. Il avait conçu pour
sa cousine beaucoup de sympathie et de reconnaissance, et elle était assez belle pour être vivement

désirée. Mais tout cela n'était pas l'amour que rêvait
Hortense. Octave, à force de juger et de dénigrer
toutes gens et toutes choses, était devenu incapable
d'enthousiasme ; et l'habitude de railler même ce
qu'il aimait le mieux était si forte en lui, qu'il ne
pouvait s'en défendre avec personne. Il eut des mots
chagrins sur la frivolité des femmes en général, sur
la puérilité de leurs goûts, sur leur dissimulation
naturelle ; il en eut de trop spirituels sur les dangers
du mariage et sur le ridicule des maris trop dociles.
On eût dit qu'il avait hérité de quelque ancêtre la
haine ou la crainte du lien conjugal. Tout ceci blessa
Hortense sans qu'il s'en aperçût ; et, comme elle
riait de ses sarcasmes, il crut lui plaire par sa triste
gaieté, et il fit fausse route.

Au moment où nous l'avons vu achever sa toilette, Hortense arrivait en chaise de poste avec sa
mère, et, comme l'abbé ne se fit pas attendre, les
héritiers légitimes et directs se trouvèrent réunis à
neuf heures du matin dans le château.

L'abbé était un bel homme joufflu, gras, luisant,
poudré, superbe à voir. Privé de son bénéfice et

n'ayant jamais reçu les ordres, il avait dépouillé son
titre avec plaisir pour ne point rendre choquante la
liberté de son langage et de ses mœurs. C'était un
parfait égoïste, fort aimable, assez adroit, sachant
nager entre deux eaux, dire du mal de la Révolution
avec ceux qu'elle avait froissés, et du mal de l'ancien régime avec ceux qui, comme lui, n'avaient
point lieu de le regretter.

Ayant vécu en Normandie depuis plusieurs années, il ne connaissait ni Hortense ni Octave. Il les
aborda en leur tendant les bras avec un air de dés-
intéressement et d'amitié qui n'était peut-être pas
bien sincère, mais qui avait tout le charme de l'apparence.

II

Bientôt le salon se trouva rempli de parents au troisième, au quatrième et au cinquième degré, les cousins plus ou moins issus de germain, neveux à la mode de Bretagne, tenants et aboutissants quelconques, les uns fort convenablement équipés, d'autres très-arriérés dans leur mise comme dans leurs affaires, tous disant :

— Qui sait ? le marquis était si bizarre !

Octave, après avoir plus ou moins salué et complimenté tous ces visages nouveaux pour lui, se retira dans un coin avec l'ex-abbé, attendant, non sans impatience, que madame de Sévigny et sa mère eussent procédé à leur toilette; car des appartements avaient été ouverts aux hôtes de la journée, et les plus magnifiques aux plus proches parents ou aux plus nobles dames.

Octave, ordinairement si morose dans ses idées sur l'avenir, n'était pas sans espérance personnelle quant à l'issue de l'événement testamentaire. Il avait poussé la fierté jusqu'à ne demander jamais rien à son grand-oncle, même dans ses plus grandes détresses, et il lui avait toujours écrit une fois par an pour lui rendre un hommage désintéressé. Le vieux marquis faisait grand cas de cette conduite, et le lui avait fait sentir dans ses réponses. Il l'avait même admis à lui faire une ou deux fois sa cour et à voir sa bibliothèque et quelques pièces de son laboratoire. Octave n'avait pu résister au désir de contredire et de railler un peu les manies du châtelain, et celui-ci, tout irritable et entier qu'il était, n'avait point paru mécontent de rencontrer enfin un prétendant à son héritage qui osât lui tenir tête.

— A la bonne heure ! lui avait-il dit d'un air demi-bienveillant, demi-narquois ; au moins, toi, tu as ton franc parler, mon neveu !

Était-ce encouragement ou menace ? Octave, jugeant l'oncle par lui-même, se flatta d'avoir conquis son estime par la franchise. D'ailleurs, il avait cru reconnaître chez le marquis un reste d'attachement pour les idées de famille telles qu'on les entendait avant la Révolution, et, comme il était petit-fils du comte de Germandre, et qu'en vertu de l'ancien usage lui seul avait le droit d'aînesse, du moins en fait de titres, comme nul ne pouvait l'empêcher de prendre désormais celui de marquis, il avait d'assez bonnes chances et ne savait pas trop dissimuler le contentement intérieur qu'il en ressentait. L'abbé n'eut pas de peine à pénétrer sa pensée à cet égard et n'épargna rien pour flatter son espérance. En ce moment, l'affection d'Octave pour Hortense éprouvait de secrètes fluctuations assez bizarres. Il ne nourrissait pas un grand goût pour le mariage et avait toujours vu dans sa future compagne une vivante contradiction attachée comme son sabre à son flanc. La grâce et la douceur d'Hortense avaient affaibli cette appréhension sans la détruire entièrement, et il s'était dit, sans beaucoup d'humilité, qu'avant d'accepter l'aisance qu'elle lui apporterait, il voulait éprouver son caractère en lui montrant avec courage et fierté toutes les aspérités du sien.

2.

On a vu que ce qui avait contristé et refroidi
le cœur de la jeune veuve avait été interprété par
Octave comme une victoire; mais, comme dans tout
ceci aucune parole allant au fait du mariage n'avait
été dite de part ni d'autre, Octave en était à se
demander, dans ses moments de clairvoyance chagrine, s'il ne s'était pas trompé et si sa cousine
songeait véritablement à lui. A tout hasard, il avait
fait la cour un peu *à la housarde,* comme on disait
alors, c'est-à-dire avec ce mélange de grâce, de
sensiblerie, d'audace et de légèreté qui caractérisait
les éphémères épisodes de la vie militaire, même
dans la bonne compagnie. Octave était un charmant
type de cet assemblage de bonnes manières et de
laisser-aller soldatesque qui donnait de la distinction
à l'un et du piquant aux autres. Tout en se moquant
avec esprit des deux types, le *dur à cuire* des camps
et le *voltigeur de la Régence,* il en réunissait quelque
chose en lui-même, et ce n'était pas là un des moin-
dres attraits de sa libre originalité.

Les prudes du jour, et, parmi elles, les irrécon-
ciliables du faubourg Saint-Germain, affectaient de

haïr ces manières, qui, au fond, ne les révoltaient
pas tant quand l'homme était jeune, beau et brave.
Hortense n'était pas de celles qui jouent double jeu.
Les côtés hardis et familiers de son cousin ne lui
avaient plu en aucune façon tant qu'elle avait conçu
et admis l'idée romanesque de l'épouser. A mesure
que cette idée s'éloignait, elle faisait bon marché de
tout et riait des déclarations d'Octave au lieu de s'en
fâcher. Persuadée qu'il n'aimait pas, elle eût trouvé
ridicule de faire le dragon de vertu avec un homme
qu'elle ne redoutait plus. Octave s'y trompait et
comptait sur un peu de coquetterie qui n'existait
pas.

Mais, dans cette prétendue coquetterie aimable et
tolérante, l'amour dévoué jouait-il véritablement un
rôle? Voilà ce que le jeune comte commençait à se
demander, et il se promit de le savoir avant l'ouverture du testament ; car il se fit ce raisonnement assez
calme, mais assez élevé :

— Si elle a l'intention, moi déshérité et pauvre
diable comme devant, de m'offrir ses vingt mille
livres de rente, je lui dois, en cas d'héritage, mon

nom, les millions de mon oncle et le titre de marquise. Sinon, quoi? Rien peut-être! une page de
roman, si bon lui semble!

On voit que la passion n'était pas là, puisque la
foi n'y était pas; mais, en revanche, rien de lâche
et de perfide n'avait souillé le cœur du jeune capitaine.

Pendant qu'Hortense rehaussait sa blancheur et la
finesse de sa taille par une exquise toilette de deuil,
et qu'Octave s'impatientait de ne pas la voir paraître,
sa mère, qui avait réclamé la première les soins de
leur femme de chambre, s'amusait à fureter dans le
château, dont elle contemplait avec envie les riches-
ses. Que n'eût-elle pas fait pour assurer un si bel
avoir à sa chère Hortense! Mais Hortense ne s'était
jamais prêtée à entretenir de loin ou de près la
moindre correspondance avec son grand-oncle. Une
seule fois, elle lui avait écrit dans son enfance pour
lui annoncer la mort de son père. Le marquis n'avait
pas répondu, et la fière jeune fille lui avait gardé
rancune. La baronne de Germandre était donc ré-
duite à se dire comme tant d'autres : « Qui sait?

un caprice du marquis! » Dans la galerie des tableaux, elle rencontra Labrèche, et, frappée de son
air comiquement affable, elle s'amusa à le faire causer. Comme il en mourait d'envie, il ne fut pas difficile de lui faire dire tout ce qu'il savait du défunt.

— Feu M. le marquis (c'est Labrèche qui parle)
était un homme très-difficile à servir. Ce n'est pas
qu'il fût méchant ; mais il avait fort peu de patience
et *possédait* une manière de se moquer *des personnes*
qui faisait souffrir leur fierté.

— Je vois qu'il ne vous a pas toujours traité comme
vous paraissez le mériter, répondit en souriant madame de Germandre. Mais quelles étaient donc ces
bizarreries dont on l'accuse?

— Mon Dieu, madame la baronne, il en avait
beaucoup; mais la plus forte manie que je lui aie
connue en dix ans que j'ai passés à son service, c'est
celle de ses boîtes.

— Ses boîtes? Quelles boîtes? Qu'est-ce que cela?

— Ses boîtes, oui, madame, il faisait des boîtes.

— Mais quelle espèce de boîtes? Des boîtes d'ar-
tifice?

— Ah ! voilà ! qui sait? On pense que c'étaient des
boîtes pour serrer son argent, et la chose est possible. Mais, moi, je dis que c'était pour le seul plaisir de faire des boîtes que personne autre que lui ne
pouvait ouvrir.

— Alors c'étaient des coffres-forts?

— Comme dit fort bien madame, c'étaient des
coffres-forts, des cassettes, des coffrets. Il y en a de
toutes les ⁱ ¹les et de tous les poids, comme de
toutes les couleurs et de toutes les formes.

— Faites-m'en donc voir quelques-uns. Y en a-t-il
ici, dans cette galerie?

— Oh ! non, certainement, madame la baronne !
Tout cela était et est encore enfoui dans son atelier,
où personne n'entrait et où les scellés ont été *oppo-
sés* aussitôt après sa mort, ainsi que sur toutes les
portes de ses appartements particuliers.

— Alors ces coffres, ou ces boîtes, comme vous les
appelez, sont considérés comme des objets d'une
grande valeur?

— Selon moi, répondit Labrèche d'un ton impor-
tant, ils n'en ont aucune. M. le marquis y a dépensé

des sommes folles, car rien n'était assez précieux
pour la confection de ces joujoux ; l'or, l'argent, le
platine, la nacre, les bois les plus rares et les plus
précieux ; il y en a même qui sont ornés de pierre-
ries et enguirlandés de perles fines. Oh ! il y en a de
très-jolis !

— Vous les avez donc vus?

— Oui, madame, et je les connais tous par leur
nom. Il y a *le crocodile, la tubéreuse*, *le sésame* et
vingt autres, ainsi nommés à cause des attributs qui
les décorent.

— S'il vous les laissait voir, c'est qu'il avait grande
confiance en vous?

—Oh ! une confiance absolue, madame la baronne ;
il ne se fiait à quiconque autre! Il me les faisait
épousseter sous ses yeux, et, quoique mon état ne
soit point de ranger et de balayer, il exigeait que je
prisse la serviette et le plumeau pour nettoyer son
atelier; il est vrai de dire qu'il ne me perdait pas de
vue pendant ce temps-là !

— Et pourquoi disiez-vous que de si riches ouvrages n'ont aucune valeur ?

— Qu'est-ce que madame veut qu'on fasse de
boites que l'on ne pourra jamais ouvrir? C'est des
vraies pièces de mécanique, si savantes et si compli-
quées, qu'à moins de passer, comme M. le marquis,
dix ans de sa vie à étudier ces secrets-là, on n'en
trouvera jamais la clef. Quand je dis la clef, je parle
au figuré, car ces coffres n'ont ni clef ni serrure.
C'est comme des choses enchantées, et je me suis
laissé dire par le majordome que ça répondait à la
parole et s'ouvrait tout seul quand on leur disait le
mot qui les faisait obéir.

— Cela me paraît un peu exagéré, dit la baronne
en riant tout à fait.

Mais elle s'arrêta aussitôt en entendant sonner le
premier coup de la messe des morts, et elle se hâta
de sortir de la galerie, un peu effrayée, croyant voir
les ancêtres de la famille de Germandre lui lancer de
sinistres regards.

Quand elle parut au salon avec sa fille, on se dis-
posait à se rendre à la chapelle. Octave eut à peine
le temps de baiser la main d'Hortense, qui salua en
toute hâte ses parents inconnus et accepta le bras de

son cousin, tandis que l'abbé ouvrait la marche avec la baronne.

La chapelle, tendue de noir et ardente de lumières, offrait un étrange contraste avec le jour pur d'une matinée d'été. Les dames prirent place dans une tribune à laquelle la tribune seigneuriale, grillée et ornée de draperies, faisait face. C'est dans celle-ci que Labrèche fit entrer madame de Germandre et sa fille avec l'abbé et le capitaine, comme les plus proches parents du défunt. D'abord madame de Sévigny essaya de se recueillir ; mais la solennité lugubre de ce local qui ressemblait à une tombe, la vue de ce cercueil que n'accompagnait aucune douleur réelle, aucun regret partant du cœur, les préoccupations intéressées et bien peu dissimulées des assistants, la figure burlesque de quelques-uns, enfin le discours de circonstance que le curé de la paroisse se crut obligé de débiter, portèrent la jeune femme à réagir contre l'ennui et la tristesse. Après avoir grondé Octave, qui s'efforçait depuis longtemps de la distraire, elle ouvrit peu à peu l'oreille à ses plaisanteries, et finit par se cacher sous son voile pour dissimuler l'envie de rire qui s'emparait d'elle.

Retranché dans l'angle de la tribune, Octave riait et babillait impunément. Il comparait cette tribune à une loge grillée.

— Seulement, disait-il, le spectacle est insipide, la mise en scène est manquée, et le monologue du curé mériterait d'être sifflé.

Il passait en revue toutes les figures, bizarrement éclairées et fort enlaidies par la dureté des lumières sur le fond noir de la tenture, et il avait pour chacune de ces têtes distraites, impatientes ou hébétées, des quolibets divertissants. Madame de Germandre riait aussi sous son éventail; l'abbé, sans rire ostensiblement, prenait plaisir à ces malices, et Labrèche, qui s'était gracieusement posé dans le couloir, contre la porte de la tribune, prêtait l'oreille et brûlait d'envie de placer son mot.

Les railleries d'Octave s'arrêtèrent pourtant devant un groupe auquel Hortense n'avait pas encore pris garde : c'était le chevalier Sylvain de Germandre et sa famille, placés dans le bas de la chapelle, non loin du lit de parade où gisait le cercueil. Trop

craintif pour s'être mêlé à la noble compagnie et
pour s'introduire avec elle dans les tribunes, le chevalier s'était joint à la foule des paysans, et, comme
son costume différait fort peu du leur, M. Guillot ne
s'en était pas aperçu au commencement de la cérémonie. Mais bientôt, l'ayant reconnu, et désespéré
de voir un Germandre à genoux sur le pavé, il se
glissa près de lui et le contraignit non sans peine à
s'emparer d'un banc d'œuvre avec ses enfants et la
villageoise qui les surveillait.

Ce banc isolé, placé un peu en avant du lutrin,
mettait le chevalier en évidence beaucoup plus qu'il
ne l'eût souhaité; mais, comme personne ne le connaissait, on le prit pour un fermier du défunt, et
aucun regard curieux ou malveillant ne vint troubler
sa prière.

Car il priait, le chevalier; il priait avec ferveur et
simplicité, et peut-être était-il le seul dans l'assemblée. Il faut pourtant en excepter la paysanne
agenouillée à ses côtés. Grande, mince, sérieuse,
calme, elle priait aussi en égrenant un gros chapelet
d'ébène passé dans ses doigts et en veillant cepen-

dant à ce que les enfants se missent à genoux quand il le fallait, obéissant d'une façon automatique à toutes les évolutions que commande la durée d'une grand'messe.

— Voilà, dit enfin Octave, las de respecter instinctivement l'imperturbable gravité de ce groupe, des gens qui font les choses en conscience. Les avez-vous remarqués, ma cousine ?

— Je remarque en ce moment, répondit Hortense, que ce villageois porte l'épée.

— Ah ! vraiment, oui ! Ce doit être le garde champêtre de la commune.

— Je ne crois pas, reprit madame de Sévigny. Il a une physionomie qui me frappe.

— Ah bah ! Vous lui trouvez une physionomie, à ce gaillard-là ?

Octave, qui avait la vue courte, prit son lorgnon et se pencha un peu en dehors de la tribune pour regarder le chevalier. Ce mouvement, assez déplacé, fut remarqué de la tribune d'en face, et aussitôt tout le monde se pencha pour regarder du même côté, croyant que quelque chose d'intéressant venait de se produire, et s'étonnant de voir qu'il n'y avait rien de nouveau. Le sermon du curé ne finissait pas ; on étouffait mal des bâillements par trop sympathiques qui s'excitaient les uns les autres.

Labrèche, qui voulait se rendre agréable aux dames de Germandre, alla aux informations, et, n'ayant pas rencontré le majordome, il revint dire que le personnage du banc d'œuvre n'était connu de personne.

— Vous allez voir, dit Hortense à Octave, que c'est quelque prince déguisé !

— Ah çà ! reprit Octave, décidément sa figure vous intéresse ! Mais j'ai beau faire, le diable m'emporte si je devine pourquoi, par exemple !

'— C'est que vous ne le voyez pas comme je le vois. Là, éclairée en profil, cette figure maigre et pâle a une distinction extraordinaire, et cet air de piété décente n'est pas sans mérite au milieu de nous tous, qui nous comportons ici le plus mal possible, à commencer par vous, Octave, qui venez de jurer en pleine église !

— J'ai juré, moi ? Le diable m'emporte si je m'en

suis aperçu! Mais vous vous scandalisez! Est-ce que,
par hasard, vous seriez dévote, ma cousine?

— Eh bien, après? si j'étais dévote?

— Oh! ça m'est bien égal, après tout! La dévo-
tion ne sied pas mal aux jolies femmes; car elle ne
leur fait jamais oublier le soin de plaire.

— Vous professez beaucoup de dédain et de méfiance pour toutes les femmes, nous savons cela,
mon cousin! Je suis sûre que vous nous prenez toutes
pour des *bigornes* et des *chiches-faces*.

Octave releva le gant; il déclara trouver les légendes du préau fort spirituelles. Il espérait, par la
taquinerie, brusquer l'explication qu'il souhaitait;
mais Hortense ne s'y prêta point, et il lui reprocha
d'être absorbée par le profil du mystérieux personnage, auquel pourtant elle ne songeait déjà plus.

Comme, selon sa coutume, elle ne se défendit de
rien, Octave en prit quelque dépit et crut se venger
en faisant l'éloge des traits de la villageoise qui es-
cortait le chevalier, et qu'il prenait pour sa femme
ou pour sa fille aînée.

— Savez-vous, dit-il, que ce pieux assistant, garde

champêtre ou non, a là une très-jolie compagne?

— Oui, je la regarde aussi, répondit Hortense : elle est mieux que jolie, elle est charmante, et je n'ai jamais vu la candeur et la dignité féminines mieux caractérisées.

— Il est certain, reprit Octave, blessé de n'avoir pas éveillé le moindre sentiment de jalousie, que ces filles des champs ont quelquefois leur mérite! Quand par hasard elles ont des formes élancées et des traits délicats, comme celle-ci, il y a en elles une expression de droiture et de sérénité qu'on chercherait en vain chez les femmes du monde les plus pures.

— Je le crois aussi, répondit Hortense sans se fâcher de l'impertinence préméditée. Il y a, dans cette jeune fille ou dans cette jeune femme, toute une vie de sagesse ou de vertu dans l'avenir comme dans le passé, j'en répondrais sans la connaître.

La messe finissait. On descendit pour jeter l'eau lustrale sur le cercueil. Le chevalier n'avait pas bougé de son banc, où il se tenait debout avec sa compagne et ses enfants. Il attendait que toute la famille eût rempli cette formalité, se promettant d'arriver là comme partout, le dernier, et de passer inaperçu.

Hortense, toujours appuyée sur le bras d'Octave, se trouva auprès du banc d'œuvre et put voir de près les deux personnages qui avaient attiré de loin ses regards. Elle fut encore plus frappée de l'air de fierté mélancolique qui caractérisait M. Sylvain de Germandre et de la dignité calme de sa compagne. En ce moment, les yeux du chevalier rencontrèrent ceux d'Hortense et se baissèrent aussitôt. Je crois que le brave homme avait rougi ni plus ni moins qu'une jeune fille ; et, par un contraste remarquable et pourtant très-logique, la belle paysanne, qu'Octave regardait effrontément, ne se troubla en aucune façon et ne daigna pas faire la moindre attention à lui. Elle parla bas avec les enfants, puis elle s'assit entre eux, rabattit son voile d'étamine noire sur sa coiffe blanche et parut insensible à tout ce qui se passait autour d'elle.

Quand toutes les aspersions furent terminées, le chevalier se leva, et, suivi de sa famille, il accomplit à son tour le rite funéraire. Hortense, qui s'éloignait,

s'arrêta et se retourna instinctivement ; elle fut tou-
chée de la grâce rustique avec laquelle la villageoise
passait aux enfants la branche bénite et de l'air sérieux
avec lequel le père surveillait le sérieux de leur
action. Ces enfants étaient beaux comme le jour.
Endimanchés dans leur pauvre deuil propre et grossier, on voyait qu'ils avaient promis d'être sages, et
vraiment ils se comportaient mieux que la plupart
des assistants.

Tout le monde passait dans le cimetière, qui, selon
l'usage des campagnes, touchait à l'église. On avait
ouvert une porte particulière, et l'assemblée se tenait en haie pour laisser passer le cercueil de plomb,
porté par seize hommes vigoureux. Le majordome
veillait à ce que les cordons fussent tenus par les
plus proches parents. Ce fut d'abord l'abbé, puis
Octave, puis le chevalier et son fils, ce rôle n'étant
attribué qu'au sexe masculin. Le chevalier n'avait
pas prévu qu'il serait appelé à se mettre ainsi en évidence ; mais il n'y avait pas moyen de s'y refuser.
Avec une résolution désespérée, il prit place, en
indiquant à son petit garçon la place derrière lui.

3.

Ce fut seulement alors que tous les yeux se portèrent sur cet étranger et qu'un murmure d'étonnement et de curiosité parcourut l'assistance. Quant à
Octave, il savait assurément l'existence de son cousin ; mais il l'avait supposé compris dans la quantité
de parents inconnus qu'il avait salués au salon, et
qui s'étaient entassés ensuite dans la tribune. Il fut
donc très-surpris de le voir prendre le cordon dont
il allait s'emparer ; et, comme il ne convenait pas à
sa susceptibilité de marcher derrière l'abbé, il inter-
pella Sylvain assez brusquement, en lui demandant
à voix basse qui il était ou qui il prétendait repré-
senter.

— Monsieur est le chevalier de Germandre, répondit vivement M. Guillot, et, par conséquent, parent
au degré le plus proche après M. l'abbé de Germandre.

Octave eût dû se contenter de cette explication ;
mais la figure du chevalier lui déplaisait, peut-être
par la raison qu'elle avait paru intéresser Hortense, et il revendiqua le droit d'aînesse de son
grand-père en termes assez secs pour qu'une que-

relle pût en résulter. Mais le chevalier céda sur-le-
champ avec douceur.

— Je n'ai aucune prétention en semblable matière, dit-il au majordome sans adresser la parole
à Octave, circonstance que celui-ci attribua plus
volontiers à la crainte qu'au dédain ; je me mettrai
où l'on voudra, et je ne me mettrai nulle part plutôt
que de discuter en pareil lieu et en pareille circonstance.

— Pardon, monsieur, reprit Octave, je ne dis-
cute pas, je réclame. Votre place est, non pas
derrière moi, mais à celle qu'occupe M. l'abbé,
qui est le plus jeune des frères de mon grand-
oncle.

— C'est juste, dit l'abbé, si on s'en tient aux don-
nées de l'ancien régime plus qu'aux liens du sang.
M. le chevalier tranchera la question pour ce qui
nous concerne, lui et moi. Je ne veux pas plus que
lui discuter ici.

— Et moi, monsieur, je crois, reprit Sylvain, que,
dans le temps où nous vivons, les liens du sang et
les droits de l'âge sont les seuls qui signifient quelque

chose. Vous êtes mon oncle, et ma place est derrière vous.

— Alors, dit Octave, c'est une leçon que vous me donnez?

— Je n'ai pas cette prétention, répondit le chevalier.

— Finissons-en, messieurs, dit l'abbé; tout le monde attend que nous nous mettions en marche, et on se demande ce qui nous arrête.

Octave s'était trop avancé pour céder. Il laissa le chevalier au second rang; mais, comme il avait l'esprit trop juste pour ne pas sentir qu'il avait tort et que la modestie du chevalier, ainsi que la modération de l'abbé, était plus convenable que son emportement, il en ressentit de l'humeur et regarda du côté d'Hortense avec inquiétude.

Heureusement pour lui, Hortense était trop loin pour savoir ce qui venait de se passer. Fatiguée de la chaleur et de l'éclat des bougies, elle s'était avancée avec sa mère dans le cimetière, et, en attendant le cortége, elle s'était assise à l'écart sur une tombe pour respirer. Elle se leva en entendant approcher le cercueil, et c'est alors seulement qu'elle vit les paysans du banc d'œuvre au nombre des quatre plus proches héritiers mâles du défunt.

— Ce doit être votre cousin le chevalier, lui dit sa mère après avoir réfléchi, celui qui habite le Berri. Ce ne peut être que lui! Mais pourquoi ce costume rustique? Cela est fort extraordinaire, en vérité! Est-ce une nouvelle mode française?

Labrèche, qui avait suivi madame de Germandre pour lui porter une ombrelle ouverte, se hâta de redresser son jugement.

— Non, madame la baronne, répondit-il sans être interpellé, ce n'est point une mode française : je connais toutes les modes nouvelles! mais ce peut bien être une manie républicaine. J'ai ouï dire que le chevalier avait servi dans les armées de la République, et M. le marquis assurait qu'il avait de très-mauvaises opinions.

— En ce cas, dit étourdiment madame de Germandre en s'abandonnant à une satisfaction ingénue, c'en est toujours un qui n'héritera pas, celui-là!

— Tant pis! dit Hortense en suivant des yeux le chevalier; car je ne crois point aux manies républicaines, moi! Je crois bien plutôt que le chevalier s'est fait paysan parce qu'il est dans la misère, et le marquis aurait bien dû penser à lui et à ses beaux enfants.

III

Hortense regardait le chevalier avec intérêt et curiosité. A quelques pas de lui, son chapeau, qu'il avait ôté respectueusement, et qu'il n'avait pas su mettre sous son bras, était porté par la jeune villageoise, laquelle tenait, de l'autre main, la main de la petite fille; et la petite fille portait aussi le chapeau de son frère, celui-ci ayant cru, de bonne foi, devoir imiter l'involontaire gaucherie de son père. Ces deux chapeaux, ainsi portés solennellement derrière le cercueil, formaient un incident des plus ridicules que

tout le monde ne comprit pas. Le défunt ayant réglé
lui-même à l'avance le cérémonial de ses funérailles,
on s'attendait à d'énormes bizarreries, et chacun
disait son mot pour expliquer ce qu'il voyait.

La Polonaise madame de Germandre, qui était
gaie et persifleuse, n'y fut pas trompée, et, comme
elle ne voulait point partager la sollicitude de sa fille
pour le pauvre chevalier, elle lui fit remarquer que,
si Octave, le shako en tête et le sabre flottant, avait
l'air de tenir la bride d'un cheval plutôt que le gland
d'un corbillard, le chevalier, avec son cierge en
main et son grand morceau d'étamine en guise de
crêpe au bras, avait bien plus la mine d'un croque-
mort que celle d'un gentilhomme.

— C'est vrai, répondit Hortense en souriant avec
une mélancolie compatissante ; et le chapeau porté
par la servante est un cérémonial étrange dont il
eût bien pu se dispenser !

— Croyez-vous que cette jolie fille soit sa servante ? reprit la baronne. Je la prendrais plus volontiers pour sa femme.

— M. le chevalier est veuf, dit Labrèche, qui, tenant toujours l'ombrelle, ne perdait rien de la conversation, et cette fille est trop jeune...

— Pour être la mère de ces enfants-là! reprit la baronne; c'est juste! C'est leur bonne!

— Et peut-être, probablement même, quelque chose de plus! riposta Labrèche avec un malicieux sourire qui fendit sa bouche jusqu'aux oreilles.

— Qu'en savez-vous? lui dit Hortense impatientée de son impertinence et de sa familiarité.

Et elle fit un mouvement pour prendre l'ombrelle et pour en abriter sa mère, afin de se débarrasser de la conversation de ce faquin. Mais la curiosité de savoir tout ce qui se rapportait au chevalier la fit changer de résolution, et elle laissa répondre M. Labrèche.

— Ce que j'en dis, poursuivit-il, c'est d'après l'opinion que feu M. le marquis avait de son neveu. Le père du chevalier avait fait un sot mariage; et, comme *de race le chien chasse*, le chevalier a suivi son exemple. Il a donné son nom à une gardeuse de vaches, et, maintenant qu'elle n'est plus, il ne serait pas surprenant qu'il s'occupât d'une personne de la même étoffe, à bonne ou à mauvaise intention. Cela ne me regarde pas, et tout ce que j'en dis, c'est pour faire plaisir à madame, qui paraît désirer savoir...

— C'est bon, je vous remercie ; mais en voilà assez, répondit Hortense.

On venait de descendre le cercueil dans le caveau et l'on allait se retirer après le dernier chant des prêtres, lorsque M. Guillot, qui avait été investi par le défunt de certains ordres écrits, déclara, la preuve en main, que, si quelque personne de la famille désirait faire soit un discours, soit la lecture de quelques paroles sur la tombe, cette attention *serait agréable à M. le marquis.*

La rédaction de cette allocution faillit faire partir un éclat de rire général. Il semblait que tout se combinât fatalement pour donner à une cérémonie si grave par elle-même un caractère burlesque, et Octave ne put se défendre de relever la bêtise de l'orateur. Ce n'était pas créer à celui qui serait tenté de se présenter après lui une situation très-favorable. Aussi personne ne se présenta, chacun craignant de faire éclater une hilarité mêlée d'impatience. Et puis que dire d'un homme que l'on avait peu ou point connu, et dont personne n'avait à se louer réellement? L'abbé seul était assez fin pour trouver quelque chose à dire quand même; mais, ignorant l'intention du défunt, il n'avait rien préparé et ne savait point parler d'abondance. Il se récusa. Octave n'eut même pas la pensée d'essayer, tant il était ennemi de la dissimulation; et, comme il avait besoin de tourmenter quelqu'un, il s'en prit au chevalier et lui dit, de façon à être entendu :

— Eh bien, voyons, chevalier, n'avez-vous rien à dire, vous, et nous laisserez-vous ainsi dans l'embarras?

Le pauvre chevalier trembla de la tête aux pieds. Lui, parler en public, quand un mot, un regard, un salut le jetaient dans un trouble inexprimable! Que faire? car il se croyait obligé de parler, et sa conscience, profondément naïve et généreuse, le lui ordonnait. Il se recueillit un instant, monta sur les marches du monument, essuya son front baigné des

sueurs de l'angoisse, et parla ainsi d'une voix entre-
coupée :

'— Mesdames et messieurs, si j'ai la hardiesse de
prendre la parole devant vous, moi le plus incapable de bien dire, c'est parce que la reconnaissance
m'en fait un devoir et que je compte sur votre indulgence. Mon langage sera rustique et simple, mais
mon cœur parlera. Excusez-moi si ma voix tremble
un peu... je ne suis pas habitué... je n'ai jamais...
N'importe! je monte à cette tribune comme un soldat à l'assaut, et je saurai m'y maintenir ferme, puisque c'est le devoir! Je sais la difficulté qui vous a
tous empêchés de me donner l'exemple. Je crois
que fort peu d'entre vous ont été en relation avec
celui qui repose ici, et je dois vous avouer que, pour
ma part, bien que vivant fort près de lui, je ne l'ai
jamais vu de près. Telle était sa volonté; mais j'ai
vécu de ses bienfaits autant que de mon propre travail, et j'ai appris dès mon enfance à vénérer et à
bénir son nom.

Le chevalier fut interrompu par un *ah!* général.
Il avait vécu des bienfaits du défunt, disait-il; il avait

donc été l'objet d'une secrète et mystérieuse préférence! seul, il avait donc quelque chance, quelque
espoir d'hériter!

Le chevalier, ne comprenant rien à cette interruption, craignit d'avoir dit quelque sottise et faillit
perdre la tête. Il se pencha vers son petit garçon,
qui se tenait sur une marche au-dessous de lui et
lui demanda ce qui se passait.

— Je n'en sais rien, répondit l'enfant; mais va
toujours, mon papa, tu as très-bien parlé!

Le brave homme, ingénument rassuré par le suf-
frage de son fils, reprit son allocution :

— Je n'attribue pas, dit-il, cette interruption à la
surprise. Je ne pense pas que ma famille, ici présente, ignore ce que mon oncle a fait pour mon
père ; mais je dois le rappeler, puisque les obligés
sont invités à exprimer leur reconnaissance sur cette
tombe. M. le chapelain vous a parlé, à l'église, du
rang, de la fortune, des titres, en un mot de l'importance sociale du chef que notre famille vient de
perdre. A ce propos, il nous a entretenus philoso-
phiquement et pieusement du néant des choses

humaines; mais j'oserai dire ici que tout n'est pas
néant dans la richesse, puisqu'elle permet de faire
le bien. Je ne vous ferai pas le récit, moi, de toutes
les bonnes actions qu'a pu et dû faire un personnage
aussi considérable; ma position ne m'a pas permis
de les connaître et d'être à même de vous les signaler; mais M. le chapelain ayant omis de vous entretenir de ses vertus, je raconterai du moins tout simplement et en peu de mots ce qui me concerne :

« Mon père était le cadet de la famille. La loi alors
en vigueur ne lui attribuait rien dans l'héritage de
mon grand-père. Il avait du goût pour les sciences.
Son frère aîné, qui en avait aussi, l'admit à travailler chez lui et avec lui à diverses recherches d'éru-
dition. Mais, au bout de quelques années, une question de science fit diverger leurs opinions sur les
sciences, et je dois dire quelle fut cette question,
afin de détourner de vous des idées superstitieuses
qu'on s'est efforcé de répandre.

» C'était alors la mode de travailler à ce qu'on appelait le grand œuvre, c'est-à-dire le moyen de faire
de l'or dans un creuset, recherche vaine; je le crois,

mais à coup sûr innocente, et dans laquelle n'inter-
venait l'invocation d'aucun mauvais esprit. Mon père
ne croyait point au succès de cette recherche. Mon
oncle, qui s'en dissuada plus tard, y croyait alors
avec cette ferveur qui est naturelle aux esprits
investigateurs. Ils se séparèrent, et mon père, qui
avait eu le franc parler des caractères généreux, crut
avoir blessé son frère aîné et chercha un emploi
d'instituteur, pour soutenir son existence. Mais le
marquis, pensant, telle était son opinion et l'opinion
générale de la noblesse en ce temps-là, qu'un emploi subalterne, dans quelque grande maison que ce
fût, porterait atteinte à la dignité du nom, oublia
généreusement une heure de dépit et fit don à son
frère d'un bien de campagne qu'il lui assura en toute
propriété. Plus tard, mon père fit un mariage qui,
à ce qu'on a prétendu, n'eut point l'agrément du
chef de la famille. Ceci est un bruit mensonger qu'il
est de mon devoir de détruire. Ma mère, pauvre et
sans aïeux, fut le modèle de toutes les vertus, et
mon oncle écrivait à cette époque à son frère que
c'était là la plus belle dot et la seule noblesse véri-

table : preuve que les idées de notre chef de famille étaient à la hauteur de ses sentiments.

» Plus tard encore, quand j'eus perdu mes parents bien-aimés, j'épousai ma cousine, la nièce de ma mère, pauvre et vertueuse comme elle; j'écrivis à mon oncle pour lui demander son agrément, et je n'ai rien de mieux à faire que de vous lire sa réponse, laquelle j'ai apportée sur moi en prévision de quelque erreur à redresser dans les sentiments de ma famille, et que je suis heureux de pouvoir produire ici, afin que cette tombe ne se ferme pas sans qu'à défaut d'oraison funèbre, celui qu'elle renferme ait manifesté sa pensée et réclamé lui-même, pour ainsi dire, l'estime et le respect qui lui sont dus.

Ayant ainsi parlé d'une voix douce qui, par degrés, s'était affermie, et avec un débit touchant par sa simplicité, le chevalier lut la seule lettre qu'il eût jamais reçue de son oncle.

« Entre nous, mon neveu, tu as raison de chercher le bonheur du ménage et le contentement de toi-même dans un mariage de sérieuse inclination.

Tu suis en cela les errements de ton père, qui n'a
jamais eu lieu de regretter son choix. Tu ne dois pas
te dissimuler qu'entre le monde et toi la porte est
désormais fermée; mais, puisque tu as le bon sens
de ne rien demander au monde et de n'aspirer qu'à
l'heureuse médiocrité où le sort t'a fait naître, je ne
puis que rendre justice à ta conduite et t'envoyer la
bénédiction d'un parent et d'un ami. »

La lettre était signée : « Symphorien, marquis de
Germandre, » et tout entière écrite de la main du
défunt, faveur bien rare de sa part, et dont beaucoup de collatéraux se sentirent inquiets et jaloux.
Ils critiquèrent le naïf discours du chevalier et le
trouvèrent du dernier prosaïque, pour ne pas dire
du dernier niais.

Hortense n'était pas du nombre de ceux qui igno-
raient la détresse de Sylvain et l'exiguïté de ce prétendu bien de campagne qu'il avait la candeur de
considérer comme un bienfait sérieux. Elle ne fut
pas non plus dupe du sentiment d'égoïste tolérance
qui avait dicté la lettre du marquis; mais elle vit
bien que la première et la principale dupe était le

généreux cœur de son pauvre cousin, et, profondément attendrie, elle se rapprocha de lui pour tâcher
de lui parler.

Mais le chevalier avait disparu comme par en-
chantement. Suivi de sa famille, il s'était enfui dans
les jardins, et, tout épouvanté de la hardiesse de
son attitude, assis à l'ombre des tilleuls, il était près
de se trouver mal.

A la fatigue de l'émotion s'en joignait une autre
dont le chevalier ne songeait pas à se rendre compte.
Il mourait de faim. Levé avant le jour, il avait fait
dix lieues, conduisant à grand renfort de guides et
de fouet un vieux cheval mal assuré sur ses jambes,
et il n'avait encore rien mangé, ne pouvant se résoudre à entrer dans la salle où un copieux ambigu
était en permanence pour tous les hôtes de la maison. Il avait compté se glisser dans un cabaret du
hameau ; mais ils étaient tous envahis par les curieux
des environs, et le chevalier craignait que sa présence en un lieu pareil ne fournît matière à des
plaisanteries sur sa pauvreté. Sa compagne avait
bien apporté une galette pétrie de ses mains et pro-

prement enveloppée dans un mouchoir blanc à car-
reaux bleus; mais les enfants en avaient fait vite
justice, et le père de famille n'avait eu garde de les
priver en réclamant sa part. D'ailleurs, il n'y avait
pas songé, cette journée étant un si grand événement dans sa vie d'anachorète, qu'il marchait, parlait et agissait comme dans un rêve.

Il était dans cet état de malaise et de défaillance
qu'on subit parfois sans en rechercher la cause,
lorsque Labrèche se présenta devant lui et acheva de
le démoraliser en lui disant qu'il était envoyé à sa
recherche par madame la comtesse.

— Quelle comtesse? Je ne la connais pas, moi!

— Je parle à M. le chevalier de sa cousine ger-
maine, la fille du baron de Germandre, qui est veuve
du comte de Sévigny, une charmante femme moitié
Polonaise, monsieur, et qui a beaucoup envie d'embrasser les enfants de monsieur.

— Si cela est, dit Sylvain en s'adressant à sa compagne, tu vas les conduire à leurs parents. Je ne
veux pas les priver des caresses de cette noble personne. Moi, je vous attendrai ici, où je compte res-

ter jusqu'au moment où l'on se réunira pour la lecture du testament.

La villageoise obéit ; mais le petit Lucien voulut rester avec son père, et elle partit seule avec Marguerite, Labrèche ouvrant la marche.

Le trajet n'était pas long ; Labrèche voulut mettre le temps à profit en contant quelques douceurs à cette grande fille, dont l'air calme et confiant lui était sympathique. Il commença par lui offrir son bras, qu'elle refusa sans hauteur en disant que ce n'était pas la coutume de son endroit.

— Pourtant, reprit Labrèche, vous donnez le bras à M. le chevalier de Germandre ? Je vous ai vue du moins assise tout près de lui dans le jardin, tout à l'heure.

— Oh ! celui-là, c'est différent ! répliqua la paysanne en souriant.

— Oui !... vous vivez avec lui sur le pied d'égalité ; je m'en doutais !

La paysanne sourit encore et ne répondit plus. Labrèche insinua que le chevalier n'était pas riche ; que, quand on avait, sous les habits d'une fille des

champs, la tournure d'une princesse, on pouvait pré-
tendre à charmer des cœurs plus jeunes, plus ardents, des hommes plus *fortunés* peut-être... La fille
des champs ne parut pas entendre, et le valet, la
jugeant trop niaise pour goûter ses beaux discours,
voulut l'embrasser dans l'escalier. Il reçut alors en
pleine figure un soufflet si bien appliqué, qu'il en
avait la joue plus vermeille que de raison en entrant
dans le boudoir où l'attendaient madame de Sévigny avec sa mère et Octave, lequel s'impatientait
beaucoup de ne pouvoir amener l'explication décisive.

— Eh bien, dit Hortense en prenant la petite Marguerite dans ses bras, vous êtes donc seule, et monsieur votre père ne veut pas faire connaissance avec
nous ? Comment vous appelle-t-on, mon petit ange ?

— On ne m'appelle pas *petit ange*, répondit la fillette ; on m'appelle Margot.

— C'est très-poétique, dit Octave. Et vous, ma
belle, ajouta-t-il en s'adressant à la villageoise avec
une intention impertinente pour elle et pour Hortense, comment votre maître vous appelle-t-il ?

— Mon maître? répliqua la paysanne avec assu-
rance : vous voulez dire mon frère? Il m'appelle de
mon nom, qui est Corisande de Germandre.

Labrèche, qui apportait un verre d'eau à madame
de Sévigny, faillit laisser tomber le plateau et resta
immobile, la bouche ouverte, l'œil égaré.

— Approchez donc un fauteuil à ma cousine, lui
dit Hortense sans témoigner aucune surprise déso-
bligeante à mademoiselle de Germandre.

— Et vous, ma cousine, reprit celle-ci en s'asseyant
sans aucun embarras, comment vous appelle-t-on,
de votre petit nom ?

— Hortense.

— Bon ! ça n'est pas laid. Et vous demeurez à
Paris, à ce qu'on nous a dit ?

— Depuis un an seulement. Auparavant, j'étais
en Pologne.

— Plus loin encore que Paris?

— Beaucoup plus loin.

— Dame, je ne sais point où ça est. Je n'ai rien
appris, moi, qu'à tenir le ménage et à soigner les
enfants. Mon frère a été élevé par *le père*, qui était

4.

un homme savant, et, encore qu'il soit cultivateur,
il est savant aussi, mon frère! Il apprend beaucoup
de belles choses à son garçon. Mais, moi, j'ai suivi
la condition de ma mère, qui était une femme de
campagne, et, si je sais un peu lire et écrire, c'est
bien le tout! Si je ne vous parle pas comme il faut,
vous m'excuserez; la bonne intention y est tout de
même, ma cousine!

— Telle que vous êtes, vous me paraissez charmante, répondit Hortense; voulez-vous m'embrasser, ma chère Corisande?

— Oui, ma cousine, et c'est de bon cœur, dit la
jeune fille en lui jetant ses bras autour du cou.

Elle était charmante en effet, mademoiselle de
Germandre; avec son parler franchement rustique et
sa complète ignorance des choses du monde, elle
avait une grâce naturelle mêlée, ou plutôt alliée inti-
mement à une gaucherie candide qu'elle ne cherchait point à déguiser. Elle se présentait telle qu'elle
était, nullement humiliée de son habillement, de sa
pauvreté et de son manque d'usage, parce qu'il n'y
avait en elle aucun sentiment de jalousie. Le charme

de sa voix donnait je ne sais quelle distinction à la vulgarité de son langage, et, dans la brusquerie de ses mouvements non anguleux, mais un peu carrés, il y avait une douceur intime et comme l'aplomb de la force physique consacrée aux choses saintes de la famille. On voyait bien qu'elle avait manié la serpe du jardinage et peut-être l'aiguillon du bouvier; mais ses mains étaient pourtant douces comme celles d'une maternelle éleveuse, et, quand elle les passait dans les blonds cheveux de la gentille Marguerite, l'enfant s'inclinait et se roulait sur elle, comme un jeune chat qui ne connaît que les caresses.

La baronne, qui était foncièrement bonne, voulut embrasser aussi mademoiselle de Germandre; mais, moins délicate que sa fille, elle ne put s'empêcher de lui témoigner de la surprise et de la curiosité.

— Est-ce donc par goût ou par nécessité, lui dit-elle, que vous vous habillez comme au village?

— C'est pour suivre la coutume de chez nous, répondit Corisande. *Le père* n'a jamais voulu que *la mère* changeât rien à son costume, et je trouve qu'il a eu raison. Ça ne nous va pas, à nous autres, les habillements de la ville. Nous ne savons point porter ça. Nous y sommes *empruntées*. Et ça nous gênerait, d'ailleurs, pour le travail de la campagne. Le frère a bien eu l'idée, quand on nous a fait assavoir qu'il fallait venir ici, de me faire faire une robe à queue et un chapeau à rubans ; mais, moi, je n'ai point voulu. J'aurais fait rire le monde, et nous nous sommes dit tous les deux : « On nous prendra comme on voudra, mais ça serait bien sot de nous déguiser. »

— Vous avez agi en gens d'esprit, dit Hortense, et votre frère nous a prouvé, d'ailleurs, qu'il était homme de sens droit et de cœur généreux. Quant à vous, vous êtes si jolie sous ce charmant bonnet, que ce serait bien dommage de vous affubler de nos modes ridicules. Si je pouvais vivre toujours à la campagne, je voudrais m'habiller comme vous voilà.

— Et je suis sûr, dit Octave, que ça vous irait à merveille ; car elle est très-jolie, cette petite cornette blanche !

— Essayez-la donc, Hortense ! dit la baronne, que

la question *chiffons* intéressait par-dessus toute autre.
Ça ferait un joli costume de bal masqué !

Hortense s'y prêta par un sentiment de délicatesse, afin de bien prouver à la demoiselle de campagne qu'elle prisait ses modestes atours, loin de les
dédaigner.

— Ah bah ! dit Corisande en détachant les épin-
gles d'acier bruni .qui relevaient les barbes de sa
coiffe, ça vous nuira, car ça cachera tous vos beaux
cheveux blonds !

Et, en tirant un peu vite sa coiffure, elle fit, sans
aucune préméditation, tomber le serre-tête, d'où
s'échappa une forêt de superbes cheveux bruns
naturellement ondés.

— Eh ! mais, dit Octave, qui avait hâte de réparer
par quelque galanterie le brutal accueil qu'il avait
fait à la jeune fille, il me semble, ma chère cousine,
que vous nous cachiez des trésors qui, maintenant,
vont nous faire détester la cornette.

Corisande rougit beaucoup, et pour la première
fois se montra très-confuse. Octave crut qu'elle était
sensible à son compliment. Il ignorait que, par suite

d'un préjugé de sa localité, Corisande regardait
l'exhibition de sa tête nue comme une indécence.
Elle se hâta de relever sa belle chevelure sous le
serre-tête, pendant qu'Hortense essayait la cornette,
et que, sans qu'on y prît garde, Margot s'emparait de
la mantille de madame de Sévigny, et se drapait avec
orgueil dans les dentelles noires qui lui tombaient
jusqu'aux pieds.

— Voyons, là ! qu'est-ce qu'elle fait, la petite pie !
dit Corisande en lui retirant cette parure d'emprunt.
Oh ! dame, en voilà une qui s'arrangerait bien des
affiquets de la ville ! Il n'y a pas de coquette pour
être coquette comme ça. Dans les champs, elle est
toujours après se faire des couronnes avec des bar-
beaux, et faut convenir que ça ne lui va point mal.

— Et vous, ma cousine, dit Octave, vous n'êtes
donc pas coquette du tout ?

— Voire si j'avais le temps ! répondit Corisande.
Je ne sais point ; mais on a tant d'ouvrage à la maison et au dehors, qu'on n'y saurait songer.

— N'avez-vous pas des servantes de ferme ?
demanda la baronne.

— Nous n'avons ferme ni servante, répliqua la campagnarde. Nous vivons chez nous sur notre avoir, qui n'est pas gros, mais bien suffisant à cette heure pour le monde que nous sommes. Ça n'a pas toujours été si bien. Nous avons eu des mauvaises années et des vieux parents infirmes et des petits enfants tout jeunes à nourrir. J'ai vu que nous étions douze à vivre sur un revenu de cinq cents livres. Dame, c'était un peu court, pas vrai? Mais les pauvres vieux n'y sont plus, les enfants sont élevés, et, par un bon aménagement de ses terres, mon frère a fait monter son rendement. On a bien sept cents livres de rente bon an mal an, au jour d'aujourd'hui, et vous voyez qu'à nous quatre on peut s'en retirer. Il ne faut point s'amuser à dormir, par exemple! Mais, Dieu merci, avec le bon vouloir et le bon ordre, on ne manque de rien.

— Alors, dit Octave à Hortense, ce fameux bien de campagne donné par le marquis à son frère représentait un capital de dix mille francs tout au plus. Ce n'était pas trop la peine d'en parler sur sa tombe!

— Le chevalier a eu la suprême délicatesse de ne pas révéler le chiffre, répondit Hortense, et peut-être ce chiffre a-t-il plus de valeur à ses yeux qu'aux nôtres.

— Oh! dame, certainement, reprit mademoiselle de Germandre. Chacun est heureux qui sait se contenter de ce qu'il a.

— Alors votre frère se trouve heureux? dit la baronne.

— Il a eu ses peines comme un autre; mais le voilà content de voir ses enfants en bonne venue, et ses terres amendées.

— Ma mère, reprit Hortense, il faut absolument que nous fassions connaissance avec ce cousin philosophe qui paraît si bon. Si vous alliez le chercher, vous, ma chère Corisande? Vous lui diriez que nous ne sommes pas des loups, que nous nous sentons portés vers lui, et qu'il ne peut se refuser plus long-temps à nos avances?

— Vous êtes bien honnête, ma cousine, et je lui dirai que vous êtes si aimable, qu'on s'affole aisé-ment de vous. Mais ça n'est pas la peine que je le

cherche. Il va venir de lui-même quand on sonnera
la cloche pour le testament. Ça n'est pas que nous
prétendions à quelque chose dans l'héritage, nous
autres! Oh! non, par exemple! nous n'avons jamais
vu l'oncle, et il ne pouvait point se soucier de nous.
Mais on nous a écrit que, si tous les parents n'étaient
point là, ça retarderait les affaires, et, outre que
notre devoir était d'assister à l'enterrement, nous
sommes venus pour ne point faire manquer la lecture du testament et ne point contrarier le monde.
Aussi mon frère, encore qu'il ne soit point curieux
de se trouver en grande compagnie, va venir d'un
moment à l'autre, et vous lui causerez.

— Eh! sans doute, dit Octave; vous êtes bien pressée de le voir, ma cousine!

— Oui, très-pressée de le voir à mon aise et non
devant trente personnes qui nous gêneront avec
leurs préoccupations d'intérêt! Octave, allez donc le
chercher, vous!

— J'irai, puisque vous le souhaitez, dit Corisande
en remettant son bonnet blanc. Il n'y a que moi qui
pourrai le décider.

5

— Offrez votre bras à notre cousine, dit Hortense à Octave.

Octave ne se souciait pas de promener la demoiselle en cornette, et, d'ailleurs, il grillait dans l'attente d'une explication qu'Hortense s'acharnait à éviter. La baronne comprit ce qui se passait, et, prévoyant bien qu'Octave allait se perdre par son impatience, elle prit résolûment le bras de Corisande et se mit avec elle à la recherche du chevalier. Hortense voulait retenir Marguerite en otage ; mais la sauvage enfant se prit à pleurer, et il fallut bien la laisser partir.

IV

Hortense, condamnée au tête-à-tête avec son cousin, affecta plus de distraction qu'elle n'en éprouvait, afin de lui épargner la mortification de se déclarer en pure perte, et elle feignit une grande impatience de voir arriver le chevalier.

— Allons, décidément, lui dit Octave avec dépit, *l'homme de campagne* vous tient au cœur, ma belle cousine! Il n'y a pas moyen de vous parler, n'est-ce pas? j'avais pourtant des choses sérieuses à vous dire.

— Vous, des choses sérieuses? Allons donc, mon cher Octave! est-ce que vous êtes malade?

— Oui, très-malade! malade de colère, d'amour et d'inquiétude.

— Eh bien, si vous m'en croyez, nous causerons une autre fois. Le temps qui nous reste avant la réunion pour la lecture ne suffirait pas pour ce que nous avons à nous dire.

— Peut-être! On attend une parente en retard. On peut l'attendre encore une heure, et moi, d'ailleurs, j'aurai tout dit en un mot : Hortense, je vous aime! Est-ce clair, et voulez-vous me répondre?

— Alors je vous répondrai en un mot. J'ai de l'amitié, beaucoup d'amitié pour vous.

— Beaucoup d'amitié? c'est là tout, décidément?

— Il faut vous en contenter et me payer de la même monnaie. Je ne vous réclame que ce qui m'est dû.

Octave mordit sa moustache et faillit répondre avec aigreur ; mais il prit le temps de la réflexion et se ravisa. On pouvait se contenter de l'amitié dans le mariage, et la vraie question, c'était le mariage.

— Question de délicatesse avant tout, lui dit-il continuant tout haut sa pensée ; nous pouvons hériter tous les deux, ou nous pouvons n'hériter ni l'un ni l'autre. Alors la question reste ce qu'elle est aujourd'hui, c'est-à-dire qu'elle est réservée, comme disent les diplomates. Mais, si l'un de nous hérite, et si c'est moi ?...

— Si c'est vous, je m'en réjouirai de tout mon cœur ; mais si c'est moi ?...

— Je me retire avec la fierté et la discrétion qui conviennent à un homme sans ressources vis-à-vis d'une femme trop opulente ; ça va sans dire.

— Et moi qui serais, à peu de chose près, dans la même position vis-à-vis de vous si vous héritiez, j'aurais la même fierté, je vous prie de le croire. Je

ne souffrirais-pas vos hommages, même sous forme
de plaisanterie.

— Et pourquoi ne les souffririez-vous pas s'ils
étaient sérieux ?

— Ah ! oui, voilà le *hic*, dit Hortense en riant. Il
faudrait que ce fût si sérieux, que vous n'en pourriez jamais venir à bout.

— Vous me jugez très-mal, Hortense ! je vous
aime sérieusement.

— D'amitié, oui ! je m'en flatte et j'y crois avec
plaisir.

— C'est plus que de l'amitié !

— Admettons que ce soit un amour fraternel.

— Et si c'était de la passion ? reprit le jeune militaire en jetant ses bras autour d'elle.

— Ici, je vous arrête, dit Hortense en se déga-
geant sans terreur et sans trouble. Il y a autre chose
que la passion de la jeunesse et le dévouement de
l'amitié. Il y a l'amour vrai, qui ne peut s'expliquer
par démonstration, mais qui se sent au fond de
l'âme et que je rêve, mais que vous n'éprouverez
jamais, parce que vous ne le comprenez pas.

— Voilà des subtilités insupportables, s'écria Octave en colère. Vous avez lu trop de romans, ma cousine, et vous ne serez jamais heureuse ni juste, parce que vous vivez dans un idéalisme impossible.

— Peut-être! Que voulez-vous! je suis ainsi.

— Vous ne voulez pas guérir de cette maladie? Alors prenez patience et tâchez de me l'inoculer. Si je m'y prête, voyons, refusez-vous de m'éprouver et de me connaître? Voilà la première fois que je peux vous parler sans témoins!

— Pour que je vous réponde, mon cher Octave, il faut que je connaisse votre sort. Si vous restez pauvre..., eh bien, le devoir de mon affection est de ne pas vous refuser un certain temps d'épreuve nouvelle. Si vous devenez riche...

— Vous serez charmée d'être débarrassée de moi ; car vous avez de la compassion pour ma petite épaulette, et rien de plus!...

Octave parcourut le boudoir en faisant crier ses bottes et craquer ses doigts. Puis, revenant à la raison par un de ces brusques changements qui lui étaient propres :

— C'est pourtant quelque chose, reprit-il, et je devrais vous remercier de votre bon cœur.

— Nous avons bon cœur tous les deux, dit Hortense en lui tendant la main; nous voudrions nous enrichir l'un l'autre, cela est bien évident. Vous voyez donc que c'est une vraie amitié de frère et de sœur. Mais ne nous y trompons pas, ce n'est rien autre chose, et, pour moi, ce ne serait pas assez dans le mariage. Je ne veux pas faire un mariage de raison.

Octave garda un instant le silence. Il se dit qu'en cas d'héritage sa conscience était dégagée vis-à-vis de madame de Sévigny, et il ressentit même une certaine satisfaction à l'idée que sa liberté n'était point compromise par la déclaration qu'il venait de risquer. Mais, tout aussitôt, l'amour-propre lui fit sentir sa blessure, et, quelle que fût l'issue de la situation, il se vit éconduit ou peu s'en faut. La colère lui revint, et il éprouva le besoin d'être amer.

— Tenez, Hortense, dit-il en ouvrant brusquement la fenêtre pour ne pas étouffer, vous devriez épouser l'homme de campagne ! Justement, le voilà

qui passe sur la terrasse. Regardez-le! Il est charmant, celui-là, avec ses culottes de ratine, ses bas
rayés et ses gros souliers, son habit de velours d'Au-
vergne, sa brette au flanc et son chapeau de soldat
républicain sur des cheveux plats, à la mode du Di-
rectoire! Il est tout à fait ce qu'il m'a semblé à première vue : le modèle des vertus civiles et militaires
du garde champêtre!

— Et pourquoi non? dit Hortense; pourquoi ne le
serait-il pas? Il est si pauvre! Pensez-vous à ce qu'il
faut de courage et de raison pour se trouver heureux avec sept cents livres de rente?

— J'ai été en plus mauvaise passe, dit Octave;
j'ai manqué de pain sous cette belle République que
notre cher cousin servait, dit-on, en conscience; et
je ne me suis plaint à personne!

— Je le sais, et je vous estime pour cela; mais
vous ne vous trouviez pas heureux!

— Et vous croyez qu'il se trouve heureux, lui?
Vous prenez au sérieux la leçon que vous a récitée
sa sœur la paysanne? Tout cela est une pose; oui!
on pose au village comme ailleurs. Regardez-le

donc, votre héros de stoïcisme! Il a la figure la plus
chagrine qui se puisse voir quand il ne s'aperçoit
pas qu'on le regarde.

Hortense regarda le chevalier à travers la per-
sienne. Il marchait à pas comptés, portant sous son
bras gauche un gros livre de messe, et tenant de la
main droite la main de son petit garçon. Il cherchait
sa sœur en passant discrètement devant les portes,
sans oser encore pénétrer dans les appartements du
rez-de-chaussée. Il était fort pâle, et sa démarche
hésitante et brisée lui donnait l'air encore plus gauche que de coutume. Sa mise était bien telle qu'Octave l'avait décrite, et Hortense, en le regardant,
eut une envie de rire mêlée à je ne sais quelle envie
de pleurer. Pour donner le change à la bizarrerie de
son émotion, elle fit à Octave la concession de se
moquer du pauvre campagnard.

— Vous l'avez calomnié, lui dit-elle; il n'a pas la
tournure martiale d'un garde; il a bien plutôt l'air
d'un magister de village qui mène tristement promener son unique écolier.

Le chevalier avait disparu; il s'était décidé à en-

5.

trer, à la requête de son petit garçon, qui, ayant
mangé de la galette sans boire, criait la soif, sans
avouer que la galette était déjà loin et qu'il avait
encore faim. C'est alors que le chevalier s'aperçut
qu'il avait faim lui-même, et qu'il fut content d'être
forcé, par la souffrance de son enfant, de céder à la
sienne propre.

Il avait aperçu Labrèche dans la galerie, et,
comme il avait un prétexte pour l'aborder en lui
demandant où était Corisande, il réclama en même
temps un verre d'eau pour Lucien. Malgré sa résolution de chercher à déjeuner, il n'osa pas demander davantage, comptant qu'on lui offrirait davantage, et suivant en ceci la coutume de discrétion
excessive et farouche qui caractérise les paysans et
même les petits bourgeois de campagne.

Labrèche, qui avait beaucoup à se faire pardonner par mademoiselle de Germandre et qui se sentait fort compromis dans le cas où le chevalier hériterait, s'empressa de la façon la plus gracieuse à le
satisfaire. Il n'avait pas vu sortir Corisande avec la
baronne. Il crut qu'elle était encore dans le boudoir

et il y conduisit le chevalier en lui disant qu'il y trouverait aussi des rafraîchissements.

Il n'y avait plus moyen de reculer. Le chevalier fut annoncé et introduit dans le boudoir, où Hortense et Octave étaient encore à la fenêtre, cherchant des yeux ce qu'il était devenu, et riant de lui, l'un avec malice, l'autre par complaisance.

Aussi, en entendant Labrêche prononcer le nom du chevalier de Germandre, Hortense se retourna-t-elle avec vivacité, et, craignant qu'il n'eût entendu une dernière plaisanterie qu'elle venait de faire sur son compte, elle se troubla et l'accueillit avec une certaine agitation mêlée de frayeur et d'empressement.

Il n'y a rien de pis pour une personne timide que d'être en face d'une personne troublée. Le malaise ne peut être dissipé que par une bienveillance calme, et, quand on a peur l'un de l'autre, on s'enferre comme deux maladroits dans un duel. Le pauvre Sylvain, déjà inquiet d'avance de son entrée, fut bouleversé en reconnaissant dans madame de Sévigny la femme charmante dont le regard l'avait fait

trembler lorsqu'à l'église elle s'était approchée de
son banc. En outre, elle lui parut contrainte, et il se
demanda rapidement si ce n'était pas pour se moquer de sa tournure qu'elle l'avait fait demander.
Cette idée lui causa une sorte de vertige, et, bé-
gayant des paroles inintelligibles, il ne sut pas même
saluer. Il voulut ôter son chapeau ; mais il ne s'aperçut pas que, pour cela, il fallait quitter la main de
son petit garçon autour de laquelle ses doigts
s'étaient crispés, ou laisser tomber le missel qu'il
tenait sous son bras gauche. Aussi le livre tomba-t-il
avec fracas. Il voulut le ramasser et lâcha le chapeau, qui tomba aussi. Enfin il se décida à lâcher
l'enfant, qui ramassa le chapeau, pendant que Labrèche ramassait le livre. Alors le chevalier fit son
salut, fort embarrassé de ses mains qui ne tenaient
plus rien, et n'entendant pas les paroles de bienvenue qu'Hortense, prise d'un rire nerveux, bégayait
aussi.

Ce fut bien autre chose quand, sur l'invitation de
la jeune femme, il fallut s'asseoir. Labrèche, voyant
l'embarras de son protégé, lui avançait un siége, et

Octave, se faisant un jeu de cette scène de détresse, lui en présentait un autre. Le chevalier, éperdu, ne savait auquel entendre.

Le petit Lucien, qui n'était pas timide et qui connaissait l'infirmité de son père, voulait l'aider à se décider vite, et Sylvain trouvait moyen de l'avoir toujours dans les jambes, quelque adroite évolution que fît l'enfant pour lui faire prendre sa droite ou sa gauche. Embarrassé de son livre et de son chapeau qu'il avait ressaisis, on ne sait pourquoi, le chevalier ne pouvait relever son épée, et, sans Labrèche, qui vint à son aide, on peut croire qu'il y eût renoncé et qu'il eût cédé à l'envie de se sauver à toutes jambes.

Pourtant, après avoir sué sang et eau, il était parvenu à s'installer sur la plus haute et la plus incommode des chaises. Comme il n'était pas grand, ses pieds touchaient à peine à terre. Il avait donné dans ce piége tendu par Octave; mais il était bien loin de s'en apercevoir, ne songeant plus qu'à dissimuler son gros livre sous son grand chapeau, le tout posé et retenu sur ses genoux disposés en pente.

Après avoir épuisé le chapitre des aimables re-
proches sans avoir pu obtenir de lui une réponse
qui eût le moindre sens, Hortense prit le parti de lui
parler de la pluie et du beau temps, tout en regardant avec surprise la transparence et la beauté de
ses yeux, qui révélaient une sensibilité extraordinaire. Mais elle fut forcée de s'avouer à elle-même
qu'un homme si nerveux et si impressionnable mettait les autres au supplice, à moins que, comme
Octave, ils ne fussent décidés à le tourner en ridicule.

V

Octave était, en effet, très-aise de trouver une victime sur laquelle il pût faire tomber le dépit amassé
en lui depuis quelques heures. Il jouissait du ridicule embarras de l'homme de campagne.

— Vous avez là, mon cousin, lui dit-il à brûle-
pourpoint, un chapeau bien extraordinaire !

Le chevalier, étonné, regarda son chapeau et parut s'aviser pour la première fois de l'étrangeté d'un pareil meuble; mais, à la grande surprise de son interlocuteur, il trouva moyen de répondre sensément. Le chevalier était ainsi fait qu'il reprenait courage tout d'un coup, quand on l'attaquait, tandis que la bienveillance le troublait par la crainte qu'il éprouvait de ne savoir pas y répondre convenablement.

— Mon chapeau, dit-il, est passé de mode, je le pense bien; mais j'y tiens, et je le mets les jours de fête ou de cérémonie, parce que c'est un vieux compagnon qui a été au feu avec moi.

— Oui, dit Octave, sous la République!

— Contre les étrangers, répondit Sylvain.

— Et contre les émigrés, par conséquent?

— Et contre les émigrés, reprit le chevalier.

Et, sans songer au père d'Hortense, il ajouta :

— Je peux vous dire cela, monsieur, je sais que vous n'en étiez pas.

— Mon père n'était pas de ceux qui se sont battus contre la France, répondit vivement Hortense, pour empêcher Octave de relever la malencontreuse réflexion du chevalier.

Mais le chevalier ne se déconcerta pas trop.

— Vous pensez bien, dit-il, que je n'entends pas blâmer ceux qui ont fui devant la persécution ; et, quant à ceux qui ont cherché à s'en venger, ou qui ont cru la faire cesser en se jetant dans les armées étrangères, je dis qu'ils se sont trompés de route ; voilà tout ce que je dis !

— Et vous croyez, reprit Octave sèchement, ne pas vous être trompé aussi en servant le gouvernement révolutionnaire ?

— Non, répondit le chevalier avec une extrême douceur, je ne le crois pas. D'ailleurs, je n'ai pas eu la liberté du choix. La réquisition m'a pris. Il fallait servir la France ou déserter. Vous ne m'eussiez pas conseillé ce dernier parti, vous, mon cousin, qui portez l'épaulette ?

— Je ne sais pas ce que j'eusse fait à votre place, dit Octave.

Et il changea de conversation, sentant que le chevalier était de force à défendre son opinion, et voulant l'attaquer par son côté faible, celui du ridicule, auquel sa personne donnait prise.

Le chevalier, en parlant de son chapeau, avait eu l'heureuse inspiration de s'en débarrasser. Restait le gros livre, qu'il eût bien voulu faire disparaître. Lucien s'en aperçut et le prit dans ses mains comme pour regarder les images. Mais Octave s'en empara et s'amusa ainsi à le remettre en évidence.

— Vous avez là, dit-il, un curieux missel! une précieuse antiquaille!

— Oui, répondit Sylvain : c'est comme mon cha-, peau.

— Est-ce que ça a été aussi au feu avec vous?

— Non! ce livre m'a été donné par ma mère à sa dernière heure, et j'y tiens encore plus qu'à mon chapeau.

Il n'y avait donc plus moyen pour Octave de plaisanter le missel. Il lui passa par la tête de demander au chevalier s'il chantait au lutrin.

Le chevalier le regarda entre les deux yeux, et, comme Octave avait un imperturbable sérieux dans

le persiflage, le bon campagnard ne put croire à tant
d'audace.

— Eh! mais oui, dit-il, je chante au lutrin, le dimanche. Pourquoi me demandez-vous cela?

— Voyez-vous, ma cousine! dit Octave toujours
grave en apparence, il chante au lutrin, notre cousin le chevalier! j'en étais sûr!

Le chevalier regarda Hortense en tremblant.

— C'est moi, lui dit-elle, qui ai eu cette idée-là;
en vous entendant parler, j'ai été frappée de la douceur de votre voix, et je me suis dit que, si vous
chantiez aussi bien que vous parlez, on devait avoir
du plaisir à vous entendre.

— Vous vous moquez de moi, madame, répondit
Sylvain d'un ton de reproche doux et triste. J'ai
très-mal parlé, et j'ai bien vu que les bonnes intentions sans le talent et sans l'habitude étaient peu de
chose.

— Si vous croyez que je raille, reprit Hortense
avec beaucoup de vivacité, vous vous trompez, mon
cousin, et vous me faites beaucoup de peine!

Elle parlait avec tant de sincérité, que Sylvain eût

dû être rassuré. Mais ce fut tout le contraire. En la sentant émue, il se troubla de nouveau sans savoir pourquoi, et il recommença à bégayer d'une façon pénible, à la grande satisfaction du jeune comte.

Alors, voyant qu'il n'en sortirait pas, le chevalier se leva, disant qu'il allait chercher sa sœur, puisque madame de Sévigny désirait la voir, et ne se souvenant pas ou n'ayant pas seulement entendu qu'Hortense lui avait déjà parlé trois fois de Corisande avec éloge et sympathie.

Octave eut alors l'idée de rendre au chevalier la malice que la baronne lui avait faite à lui-même de le laisser seul avec Hortense, et il le força de se rasseoir, en lui disant qu'il allait chercher mademoiselle de Germandre et la baronne.

A peine fut-il sorti, qu'Hortense se sentit plus maîtresse de son émotion ; mais le chevalier eut un tel redoublement pour son compte, qu'il n'eût jamais su rompre le silence si madame de Sévigny ne l'en eût dispensé en s'occupant de Lucien.

L'enfant n'avait pas voulu suivre Octave. Il avait mis le temps à profit en mangeant force gâteaux aux

confitures, et il s'approcha d'Hortense, qui demandait à l'embrasser. L'homme de campagne, voyant
son fils un peu barbouillé, se hâta de vouloir l'essuyer avec son mouchoir; mais Hortense, qui s'était
levée, commença par baiser l'enfant au front; après
quoi, elle trempa dans un vase d'eau le coin d'une
serviette et fit la toilette du garçonnet, qui s'y prêta
sans cérémonie, et lui dit familièrement :

— C'est bien, ma cousine; me voilà propre, et
c'est à mon tour de vous embrasser.

Il y avait, à l'insu d'Hortense, beaucoup de coquetterie dans ce qu'elle venait de faire en abdi-
quant son rôle de merveilleuse et de grande dame
pour débarbouiller un marmot rustique; ni plus ni
moins que si elle eût été sa gouvernante ou sa mère.
Le chevalier la regarda faire, du coin de l'œil, et ne
sut pas la remercier; mais il fut profondément touché de cette simplicité de manières, et il fut sur le
point de lui dire ce qu'il y eût eu de mieux à dire,
en effet : « Ma cousine, vous êtes une bonne
femme ! »

Mais il s'en garda bien, craignant de dire à son

insu une grossièreté, lui qui avait l'intention d'être
le plus poli du monde, et il se contenta de lui demander si elle avait des enfants, inspiration dont il
se repentit aussitôt; car la figure d'Hortense s'altéra,
et elle répondit tristement qu'elle s'était flattée de
ce bonheur, mais qu'un accident, bientôt suivi de
la mort de son mari, l'avait condamnée à l'absolue
solitude.

—Heureusement, vous êtes jeune et vous vous re-
marierez, dit le campagnard avec autant d'innocence
qu'il y eût eu d'insinuation dans une telle réflexion
de la part d'Octave.

— Je n'ai pas de parti pris à cet égard, dit Hortense; mais je trouve l'idée du mariage si inquié-
tante, que je la rejetterais bien loin si, comme vous,
j'avais une chère petite famille. Cela me fait penser...
Dites-moi, mon cousin, nous voilà seuls, et vous
pouvez me parler comme à une amie : vous êtes
bien pauvre, n'est-ce pas?

—Bien pauvre?... C'est selon, répondit le chevalier
embarrassé. Par comparaison... car tout est relatif
en ce monde... Moi, je me contente de mon sort...

— Oui, je le sais, vous êtes très-résigné ou très-sage. Mais vos enfants... quand vous pensez à leur avenir? A présent, ils sont bien portants, aimés, choyés, par conséquent heureux...; mais, un jour...

— Si Dieu me fait la grâce de me laisser vivre un peu, celui-ci, dit le chevalier en prenant Lucien entre ses jambes, sera capable de se tirer d'affaire comme il l'entendra. Il est studieux et comprend assez bien ce qu'on lui enseigne.

— Et qu'est-ce que vous lui enseignez?

— J'ai quelques notions... quelques livres qui me viennent de mon père. Je tâche de lui apprendre ce qu'on m'a appris... Voyons, Lucien, ajouta-t-il, dis à cette bonne dame que tu es un brave garçon et que tu feras de ton mieux pour que ta famille n'ait jamais à rougir de toi. Tu es là sans rien dire! Il faut l'excuser, ma cousine...; des enfants qui ne voient jamais personne, c'est un peu sauvage...; mais, quand celui-ci est à son aise, il babille comme un autre et ne raisonne pas trop mal.

— Mais, moi, je veux bien parler! dit Lucien. Je n'ai pas du tout peur de ma cousine; elle me plaît beaucoup. Qu'est-ce que vous voulez que je vous dise, ma cousine? D'abord, il faut que vous sachiez que mon papa n'a pas l'habitude de causer. Il est comme ça, toujours à réfléchir ou à travailler, et, quand il est avec des étrangers, ça l'ennuie!

— Lucien! Lucien! s'écria le chevalier confus. Qu'est-ce que tu dis là? Tu déraisonnes, mon enfant! Mon Dieu! ma cousine, excusez-le! C'est comme un fait exprès. Il a quelquefois du bon sens, et le voilà justement qui ne dit que des sottises.

— Dame, mon papa, reprit Lucien, tu veux que je cause et tu m'en empêches! Laisse-moi me mettre en train.

— Oui, mon beau garçon, dit Hortense en reprenant l'enfant à son père et en l'attirant vers elle; dites tout ce qui vous passera par la tête... à propos de votre papa surtout; ça m'intéresse infiniment.

—Oh! mon papa! reprit Lucien, vous avez raison de l'aimer, d'abord. Il vaut mieux que tout le monde qui est ici!

— Allons, tais-toi! dit le chevalier, qui ne savait plus où se mettre : on ne parle pas comme ça.

— Il parle très-bien, dit Hortense, et il a probablement raison!

— Tu vois bien! répondit Lucien en s'adressant à
son père : je suis sûr que notre cousine est ennuyée
de toutes les cérémonies qu'on se fait ici! Je les ai
bien vus, moi, tous ces messieurs et toutes ces
dames, qui se serrent les mains, qui se disent de
belles paroles et qui se moquent par derrière quand
ils croient qu'on ne les regarde pas. M. Octave... il
ne vaut pas mieux que les autres, lui! Voyez-vous,
ma cousine, chez nous, ça n'est pas comme ça. Tout
le monde s'aime bien. Vous y viendriez, vous seriez
contente tout de suite. Vous verriez d'abord notre
jardin, où il y a des pois ramés, des salades superbes
et des petites roses rouges qui sentent très-bon. Et
puis notre vache, qui est bonne! Oh! elle est très-
douce! C'est ma tante Corisande qui en a soin, et
elle nous fait du beurre et du fromage à la crème,
vous en voudriez toujours manger! Et puis peut-
être que vous viendriez aux champs avec moi et ma
petite sœur, car nous avons douze brebis et une
chèvre. C'est beaucoup, ça! Aussi nous les menons

sur le communal quand on laisse pousser le regain de notre pré, et, sur le communal, avec les autres pâtours, on s'amuse beaucoup. On joue, on rit. Il y a un beau ruisseau qui coule tout au travers de l'herbe, et on y fait des moulins, des ponts; et, moi, j'invente un tas de machines pour amuser la petite Margot...

— Ta ta ta, j'espère qu'en voilà assez! dit le chevalier en l'interrompant; heureusement pour toi, madame ne retiendra pas toutes les niaiseries que tu viens de lui dégoiser! Et moi qui faisais l'éloge de ton babil! J'ai eu là une belle idée!

— Son babil a porté juste, reprit Hortense; il m'a donné envie d'aller vous rendre visite.

— A nous? s'écria le campagnard éperdu. Ah! mon Dieu, ma cousine! mais nous vivons dans une chaumière!

— Raison de plus! j'irai, je vous en avertis; d'autant plus que j'ai un service à vous demander.

— A moi! un service? est-ce possible?

— Oh! vous pouvez demander tout ce que vous voudrez à mon papa, dit Lucien. Il est très-complai-

sant et il aime à obliger et à consoler tout le monde.
Au village, aussitôt qu'il y a une pauvre famille sans
pain, c'est chez nous qu'on vient tout de suite; et
nous sommes contents de ça, nous autres, parce que
ça fait qu'on aime mon papa et ma tante.

— Eh bien, puisque M. Lucien m'encourage, reprit Hortense, voilà une idée qui m'est venue et que
j'irai vous supplier d'examiner, mon cousin! Je n'ai
pas beaucoup de fortune, mais j'ai de quoi vivre.
Ma mère est dans la même situation, et nous sommes
seules au monde, je vous l'ai dit. Cette solitude
m'effraye, mais le mariage m'effraye davantage. Si
j'avais une jolie petite fille à élever et à chérir... une
petite fille comme la vôtre... je me trouverais si heureuse, que je resterais libre; ce qui me vaudrait probablement beaucoup mieux. Et c'est pour vous
proposer de m'assurer ce bonheur...

— Je comprends, ma cousine, répondit sans hésiter le chevalier; merci... oui, merci du fond du
cœur! Vous êtes bonne, et vous me voyez si pauvre,
que vous avez pitié de moi; vous voulez me soula-
ger en prenant un de mes enfants à votre charge!

C'est très-généreux...; mais cela ne se peut pas. Je ne dois pas accepter. Ne me croyez pas ingrat, ni fier avec vous mal à propos! Mais j'ai besoin de voir mes enfants, moi! C'est cela qui me donne du courage et du bonheur au milieu de mes peines!

— Oh! oui, papa! s'écria Lucien, qui avait écouté avec inquiétude; tu as raison, il ne faut pas donner ma petite sœur. Je ne veux pas, moi!

— Prenez garde, mon cousin, dit Hortense au chevalier; on doit aimer ses enfants pour eux-mêmes et non pour soi. Marguerite ne se trouvera peut-être pas toujours aussi heureuse chez vous que sa tante! Si elle avait des goûts différents! si elle regrettait, un jour, de n'avoir pas l'éducation et les relations auxquelles sa naissance lui donne droit! Tenez! vous y réfléchirez; ne me dites pas encore non! En retournant à Paris, je passerai chez vous et nous reparlerons de mon idée. Tout ce que je vous demande dès aujourd'hui, c'est d'avoir confiance en moi et de m'accorder votre amitié.

— Mon Dieu! mon Dieu! je crois rêver! répondit le chevalier, plus gauche et plus intimidé qu'il ne l'avait encore été. Vraiment, madame... ma chère amie... ma bonne cousine... je ne sais comment vous exprimer... Tant de bontés pour nous... Je...

— Ne cherchez pas de compliments, reprit Hortense ; vous ne savez pas en faire et je ne les aime pas. Donnez-moi une franche poignée de main ; voulez-vous ?

— Oh ! certainement ! s'écria Sylvain en se précipitant vers elle ; mon cœur est pénétré...

Mais il ne vit pas qu'il y avait un obstacle entre lui et Hortense, et il fit tomber encore une fois son chapeau, son livre et la chaise sur laquelle il les avait posés.

Une telle obstination de maladresse et d'agitation nerveuse découragea un peu Hortense.

— Allons ! se dit-elle, il faudra tâcher d'améliorer son sort sans qu'il s'en doute ; car les témoignages de sollicitude le mettent au supplice, et jamais la douce amitié n'apprivoisera ce malheureux caractère.

La grande cloche signala en cet instant l'arrivée de la personne que l'on attendait, et Labrèche entra bientôt d'un air empressé.

— Madame la baronne de Germandre fait savoir à madame la comtesse, dit-il, que voici l'annonce pour se réunir dans la salle des audiences. Dans un quart d'heure, on donnera connaissance du testament. Mademoiselle de Germandre et sa petite nièce attendent aussi M. le chevalier pour prendre place.

— J'y vas, répondit le chevalier agité. J'irai... j'y cours!

Et il s'assit, comme s'il se fût juré à lui-même de ne rien faire à propos.

Hortense, voyant qu'il ne songeait pas à lui offrir son bras, et qu'en le lui demandant elle l'exposait à une nouvelle crise, prit son voile en lui disant :

— Vous viendrez tout à l'heure, n'est-ce pas, mon cousin?

— Y aller! répondit Sylvain sortant d'un rêve. Pourquoi faire? à quoi bon? Je ne suis pas de ceux qui espèrent, et je ne me permets pas de désirer...

— Tu sais, mon père, dit Lucien en le secouant un peu, qu'il faut être là par égard pour les autres, et pour qu'on n'attende pas.

— Oui, oui, c'est vrai! reprit le chevalier, j'irai

6.

certainement. Va, Lucien, accompagne ta cousine ;
je vous suis.

Lucien ne se le fit pas dire deux fois, et offrit son
bras à Hortense avec une comique gentillesse.

Le chevalier, resté seul, et n'étant plus soutenu
par la lutte contre lui-même, s'affaissa sur un fauteuil et se sentit baigné d'une sueur froide. La faim,
la fatigue et l'émotion l'avaient brisé, et il ne pensait
pourtant plus du tout à manger pour reprendre des
forces. Il était tout entier à un drame silencieux qui
le rendait presque fou.

— Qu'est-ce donc ? se disait-il dans un monologue
intérieur qui se ressentait du désordre de ses facultés. Mon Dieu ! mon Dieu ! c'est un ange que cette
jeune femme, et je n'ai pas su trouver un mot du
cœur pour la remercier !... Mais lui donner ma
fille ?... Non, jamais ! La pauvre petite prendrait des
goûts au-dessus de son état, et il faudrait que sa
mère adoptive renonçât au mariage... Elle s'en repen-
tirait un jour ou l'autre, je reprendrais l'enfant,
et l'enfant se trouverait malheureuse de retomber
du luxe dans la détresse. Non, je ne consentirai

pas!... Mais, si je refuse, ce sera donc fini? Je ne la verrai plus jamais, cette jeune dame? Si j'avais l'air d'hésiter aujourd'hui, elle viendrait pourtant chez moi,.. passer un jour, une heure peut-être seulement... Et, d'ailleurs, à quoi songes-tu là, malheureux? Elle voit bien un peu ta misère, tu ne l'as pas cachée, et la déguiser serait bien inutile; mais elle ne la voit pas tout à fait. Quand elle te trouvera labourant toi-même ton misérable champ de seigle avec ta vache et ton âne, elle rira. La faire rire! j'en mourrais de douleur!

Le chevalier s'aperçut qu'en pensant à cela il pleurait comme un enfant. Honteux de lui-même, il essuya son visage trempé de larmes, et, se levant avec effort, se gourmandant lui-même :

— Encore une fois, se dit-il intérieurement, à quoi penses-tu, vieux fou, je te le demande? Tu approches de la quarantaine, et elle... c'est une enfant! Tu es brûlé du soleil, maigre, mal chaussé, mal vêtu, gauche, timide... Oh! mais timide à en être malade, à en déraisonner... avec elle surtout, c'est comme un fait exprès! Et tu te fais des illusions... quoi!

des illusions, est-ce possible? ce serait de la dé-
mence! Voilà ce que c'est que de vivre dans un dé-
sert. L'imagination ne s'use pas. Elle reste jeune et
déréglée. Mon Dieu! comme on est étonné, comme
on est ébloui devant la grâce et la beauté! Je ne suis
pourtant pas si sot que ça dans ma famille, au milieu de mes pauvres voisins qui me prennent pour
un oracle .. Allons, allons, il faut avoir oublié ce
rêve-là en rentrant, ce soir, sous mon chaume; car,
si je devenais triste, malheureux, malade... mes enfants, ma sœur... tout serait perdu! Malade! je le
suis! Je suis faible comme un roseau depuis deux
heures; je vois trouble, j'entends de travers... j'ai
chaud, j'ai froid, j'ai soif... Ah! j'ai faim! C'est cela!
Je n'y pensais plus.

Le chevalier jeta des yeux hagards autour de lui,
et, se voyant seul, il se précipita sur une pile de brio-
ches que Lucien n'avait pas attaquée. Il trouva ce
régal fort médiocre. Il eût mieux aimé, comme Ésaü,
un plat de lentilles; mais il n'avait pas le choix, et
il avala, en faisant la grimace, une carafe de lait
d'amandes qui lui parut très-fade.

Il commençait à se remettre quand Labrèche rentra et le trouva la bouche pleine. Ce fut une grande mortification pour le chevalier d'être surpris par ce valet en flagrant délit de voracité indiscrète.

Mais Labrèche, qui avait essuyé de tous les autres hommes beaucoup de rebuffades, et que la douceur cérémonieuse de celui-ci consolait un peu, le traita avec des bontés particulières.

— Je demande pardon à monsieur de l'interrompre, dit-il; mais je venais dire à monsieur que, dans dix minutes...

— Dix minutes, répondit le chevalier résolu à vaincre sa mauvaise honte au moins vis-à-vis d'un laquais, c'est plus qu'il ne m'en faut pour apaiser ma faim tant bien que mal avec ces tristes friandises...

— Ah! mon Dieu! est-ce que monsieur n'est pas entré au buffet aujourd'hui?

— Ma foi, non! je n'y ai pas pensé du tout.

— Alors je cours chercher à monsieur...

— Non, non! c'est trop tard, je n'ai plus faim; seulement, si vous pouviez me procurer un peu de cidre ou de bière...

— Fi, monsieur! cela ne vaut rien après la pâtis-
serie! mais monsieur n'a donc pas vu le madère?

— Le madère? où ça? dans cette carafe? J'ai pris
ça pour du sirop!

— Goûtez, monsieur, goûtez! s'écria Labrèche en
remplissant le verre du chevalier; c'est le meilleur
de la cave, celui que je préfère, moi!

Et il remplit un verre pour lui-même, machinalement et par habitude. Le chevalier, tout aussi machinalement, choqua son verre contre le sien. Tous
deux étaient diversement, mais vivement préoccupés.

— Ah! monsieur le chevalier, quelle journée!
dit Labrèche; quel événement que celui qui va s'ac-
complir! Je comprends bien que monsieur ait oublié
de déjeuner. Moi-même... je n'ai fait que battre la
campagne toute la nuit dernière!

— Quoi! qu'est-ce que vous avez? dit le chevalier. Ah! le testament! j'oubliais. Eh bien, votre
maître vous aura sans doute légué quelque chose?

— Je l'espère, monsieur, je l'espère! mais vous,
monsieur le chevalier, ça vous serait donc égal d'hériter d'une grande fortune?

— Égal, non! Mais je ne compte sur rien, et je n'y veux pas du tout penser. On a assez de peines dans la vie sans se faire des illusions ridicules!

— Ah! voilà ce que je me dis aussi! je me fais peut-être des illusions! M. le marquis peut m'avoir oublié... Et, dans ce cas-là, si c'était un effet de la bonté de monsieur de me garder à son service... dans le cas où monsieur hériterait... Je pourrais être fort utile à monsieur; j'ai reçu de l'éducation, j'ai une belle main, et je sais rédiger toute espèce de lettres.

— Merci, merci, dit le chevalier en souriant, vous êtes bien bon! Mais...

— Mais monsieur se méfie peut-être de mon dévouement? monsieur croit peut-être que je protége le capitaine de chasseurs?

— Qui? M. Octave? Et qu'est-ce que ça me fait, mon cher, que vous le protégiez?

— Cela n'est pas, monsieur, je ne protége personne contre monsieur! Je le disais encore tout à l'heure à la jeune dame.

— Qui? madame de Sévigny?

— Oui, la jeune dame qui épouse, à ce qu'on dit, M. Octave.

Le chevalier garda le silence ; mais sa main trembla en reposant son verre sur la table. Il venait de recevoir en plein cœur une profonde blessure.

— Mais je dis, moi, reprit Labrèche, que ce mariage-là n'est pas encore fait. Je sais ce que je sais !...

— Que savez-vous ? dit le chevalier avec humeur. Vous ne savez rien !

— Pardon, monsieur !... Vous êtes peut-être la cause que ça ne se fera pas.

— Moi ? comment ça ? Vous rêvez !

— Non, monsieur ; tout à l'heure, dans la galerie, j'ai entendu des mots... Madame de Sévigny était fâchée contre lui et lui défendait de se moquer de vous.

— De se moquer ?

— Oui, monsieur, oui ! M. Octave est un mauvais plaisant qui s'est moqué de monsieur toute la matinée et qui s'est permis de lui donner un sobriquet déjà passé, grâce à lui, de bouche en bouche.

— Vraiment ! Quel sobriquet ?

— On appelle monsieur *l'homme de campagne*.

— Voilà tout ? Ce n'est pas bien méchant.

— C'est mauvais, c'est plat ! mais ça veut être dénigrant, et, si ce petit capitaine n'était pas un si grand duelliste, je conseillerais à monsieur de ne pas se laisser berner par un traîneur de sabre ! Avec ça, il taquine la jeune dame en lui disant qu'elle est éprise de monsieur...

— Taisez-vous ! dit le chevalier d'un ton ferme. Voilà de sots propos que je ne veux pas savoir. Tenez, ajouta-t-il en lui offrant une pièce de monnaie, voilà pour vos bons offices ; mais je vous prie d'en rester là de vos commentaires.

— Non, monsieur, merci, dit Labrèche un peu piqué de la fierté de son protégé, ce n'est pas pour de l'argent ! Ceci, d'ailleurs, est trop pour vous et pas assez pour moi. Voici le dernier coup de la cloche, et, si monsieur ne se présente pas, on va fermer les portes.

— Vous vous trompez, répondit le chevalier en lui faisant signe de sortir. On ne commencera pas sans moi. Dites qu'on m'attende.

7

Resté seul, le chevalier remplit son verre et l'avala posément en homme qui, à l'occasion, savait reprendre possession de lui-même. Debout et calme devant la table, il résumait rapidement et clairement ses pensées.

— Cet Octave est un duelliste, se disait-il, et ce duelliste s'est moqué de moi. Je ne m'en suis pas aperçu, ou plutôt je m'en doutais et je ne voulais pas y croire. Je me disais que le défaut d'usage rend susceptible et injuste; d'ailleurs, un proche parent!... un brave officier! un homme d'esprit!... — C'est donc ainsi que va le monde? Un salut manqué, un habit passé de mode vous exposent à la risée de ceux qui devraient vous avertir, et même au besoin vous défendre! — Allons, soit! je ne fuirai pas devant le ridicule, et je vais entrer le dernier, tout seul, dans cette belle assemblée! Je veux voir en face ce grand monde, et savoir si un homme de cœur et d'honneur qui a souffert toute sa vie sans se plaindre doit être persiflé par des sots! Je veux saluer les dames sans renverser les meubles, et forcer les hommes à me saluer sans rire! Je veux sor-

tir d'ici sans que ma sœur et mes enfants aient à
rougir de moi un jour, en entendant dire que leur
chef de famille est entré une fois en sa vie sous le
toit de ses pères et que tout le monde s'est moqué
de sa figure !

Le chevalier se redressa dans sa petite taille, bou-
tonna son vieil habit, reprit avec aisance son gros
livre, qu'il ne voulait pas s'exposer à perdre, enfonça
son chapeau de la République sur son large front et
marcha droit à la salle d'audience, dont il trouva le
chemin par intuition. Sa sœur et ses enfants, inquiets
de ce retard, venaient à sa rencontre. Il les fit passer devant lui et entra le dernier, d'un pas ferme,
en saluant l'assistance avec une grâce un peu suran-
née, mais tranquille.

— Tout le monde y est? dit le greffier du juge de
paix. Fermez les portes !

VI

Les grandes résolutions du chevalier de Germandre
ne servirent en ce moment qu'à lui donner une con-
tenance dont il eût pu se passer; car personne ne
songeait à l'épiloguer, et Octave lui-même commençait à s'émouvoir assez sérieusement du véritable
événement de la journée, la lecture du testament.
Chacun pensait donc à lui-même, à s'observer, à
prendre un maintien convenable pour dissimuler
des anxiétés trop vives, et le notaire éleva la voix
au milieu d'un silence qui avait quelque chose de
solennel.

Quand il eut fini, un silence de stupeur succéda à
celui de l'attention, et ce ne fut qu'au bout de quelques minutes qu'il fut rompu par Octave. Le jeune
comte demandait pour lui et pour tous une seconde
lecture de la clause principale. Sa demande fut aus-

sitôt vivement approuvée; car cette clause était assez bizarre pour qu'on eût besoin de la bien comprendre.

« J'ai consacré ma vie aux sciences, disait le testateur, et j'entends léguer ma fortune tout entière et sans distraction ni réserve de la moindre parcelle à celui qui s'emparera des secrets que j'ai poursuivis avec ardeur pendant ma longue carrière. Plusieurs connaissances spéciales très-approfondies, ou un génie particulier d'initiative sont nécessaires pour cette conquête. Mais, comme je n'ai point le désir de frustrer ma famille de mon héritage, c'est elle exclusivement que j'admets et invite à tenter la redoutable épreuve ci-dessous mentionnée. »

— Redoutable! dit l'abbé fort intrigué; pourquoi redoutable? M. le notaire peut-il nous expliquer ce mot-là?

— Je ne peux rien expliquer, répondit le notaire. Je n'ai reçu aucune confidence personnelle. Je lis, il ne m'appartient pas de commenter. Et il reprit :

« L'épreuve consiste à trouver le moyen d'ouvrir, sans le forcer ni l'endommager, un ouvrage de mé-

canique d'un grand prix, que l'on verra au fond de
mon laboratoire sur un piédestal de jaspe égyptien,
portant le n° 15 en lettres de bronze. Cet objet est
un coffre de forme ovale surmonté d'une figure de
sphinx en or, et n'a pas besoin d'autre désignation
ni description, aucun autre ouvrage de mes mains
n'ayant d'emblème analogue.

» Voici comment j'entends et ordonne qu'il soit
procédé aux épreuves :

» Il sera fait un tirage au sort en trois séries : la
première comprenant mes parents les plus proches,
à savoir : mon frère l'abbé, et les enfants et petits-
enfants de mes autres frères décédés. La seconde
série comprendra mes parents les plus proches après
ceux de la première. Il en sera de même de la troisième. Si aucun de mes parents plus ou moins proches n'est apte à résoudre le problème, l'épreuve du
sphinx ne sera tentée par personne, et, le fût-elle
avec l'assentiment de la famille, le succès ne consti-
tuera aucun droit à mon héritage. »

Suivait un article très-développé sur les précautions à prendre pour qu'aucun examen secret et

particulier ne pût avoir lieu, et sur le choix des personnes chargées du soin de faire respecter la volonté
du testateur. Tout avait été prévu avec une grande
lucidité d'esprit, et, comme pour décourager ceux
qui se flatteraient de réussir par la force, il était dit
que, si le sphinx était hors d'état de se refermer et
de se rouvrir facilement après la première ouverture, l'épreuve serait considérée comme nulle, la
série des expériences terminée et la fortune du marquis consacrée à fonder divers prix scientifiques par
lui désignés avec beaucoup de soin et de précision.
Cette fondation devait avoir lieu, dans tous les cas,
si aucun des parents du testateur ne résolvait le problème.

Un murmure chagrin et amer accueillit cette seconde lecture. Chacun se regarda comme frustré.

L'épreuve n'offrait pas beaucoup de chances de
succès; car il n'était donné qu'un quart d'heure,
montre en main, à chaque personne désignée pour
la tenter. On avait, il est vrai, le droit de regarder
préalablement et collectivement l'objet merveilleux
pendant une heure, mais sans y porter les mains et

toujours en présence des personnes préposées à sa garde.

A cet effet, il allait être procédé à la levée des scellés du laboratoire, afin que la famille réunie pût voir le sphinx et que chacun fût libre, après cet examen, de renoncer à y toucher, offre profondément mystérieuse et qui, comme l'on peut croire, éveilla la plus poignante curiosité.

Enfin l'épreuve décisive, celle qui consistait à palper le coffre durant un quart d'heure, devait avoir lieu le surlendemain, afin, était-il dit, que les personnes qui se croiraient compétentes pussent réfléchir et même consulter les ouvrages spéciaux qu'elles trouveraient dans la bibliothèque. L'hospitalité leur était largement offerte, jusqu'au jour dit, dans le château.

Tout cela était fait pour produire un mélange d'effroi et d'impatience. On se rendit sur-le-champ au laboratoire, guidé par le majordome et par Labrèche, qui, bien que fort abattu de n'avoir aucun legs à espérer, n'était pas médiocrement satisfait d'avoir un rôle à jouer dans cette affaire.

Le juge de paix et son greffier ayant levé les scellés avec une majestueuse lenteur, on fit passer d'abord madame de Germandre et sa fille avec mademoiselle Corisande et Marguerite, puis l'abbé, le chevalier, Lucien et Octave; après quoi, les parents de second ordre et ceux du troisième furent admis avec une régularité désespérante. On était si pressé de voir la merveille, que la décente tranquillité des premiers introduits semblait aux autres le vol de quelques-uns des précieux instants consacrés à l'examen.

Le laboratoire du marquis était une vaste pièce assez singulièrement construite et dont la disposition particulière frappa tout le monde. Elle était solidement voûtée, revêtue de briques par-dessus les murs épais, et divisée en trois parties par de véritables fortifications en pierres de taille, percées d'arcades au milieu. Derrière chaque division étaient rangés les coffres nombreux, plus ou moins riches et compliqués, que le marquis avait confectionnés de ses propres mains, sans admettre aucun ouvrier à l'emploi de ses moyens secrets. Tous ces coffres étaient

7.

protégés par des grilles bien fermées et cadenassées.
Il était impossible d'y toucher pour chercher, par
des découvertes progressives, à s'emparer du secret
par excellence confié aux muettes entrailles du
sphinx.

On voyait de toutes parts les innombrables outils
bien rangés, la forge, les étaux, les établis, les
tours, les creusets, tout le matériel luxueux et choisi
des travaux de serrurerie, d'orfévrerie et d'ébénis-
terie qui avaient absorbé les dernières années du
mystérieux vieillard. Enfin, tout au fond de la troisième division du laboratoire, le coffret n° 15 se
dressait sur son piédestal de jaspe. C'était, au moins
en apparence, un bloc de bois massif, ovale, de deux
pieds de haut sur trois de longueur, sans aucune
espèce d'ornement, de serrure, de clous, de saillie,
fissure ou rainure quelconque pouvant faire présu-
mer l'existence d'une mécanique intérieure et d'une
ouverture possible. Le sphinx en or, assez pauvre-
ment copié, comme dessin, sur une sculpture antique, était délicatement orné de bandelettes finies
avec soin, et le socle qui le liait au coffre était en-

jolivé d'une sorte de grecque d'un goût hasardé qui
n'appartenait précisément à aucune époque.

Octave fit la critique de cette figure, d'un caractère manqué, disait-il, et qui n'avait rien de satisfai-
sant pour l'art. Quant au coffre, il avait l'air d'un
pâté, et, pour sa part, Octave était persuadé que
c'était un bloc sans aucune espèce de secret. Selon
lui, le marquis résolu de léguer sa fortune aux
sociétés savantes, avait voulu jouer un tour de sa
façon à ses héritiers en les leurrant d'un espoir ridicule et en les faisant *poser* les uns devant les autres.

Cette opinion, émise assez haut pour être entendue, ajouta au découragement que la vue du coffre
avait déjà inspiré. Cependant tout le monde ne se
rendit pas à l'idée que ce fût un simple bloc de bois
des îles.

La grille qui l'entourait ne permettait pas d'approcher assez pour apercevoir la moindre suture ou
la moindre disjonction dans sa masse, mais probablement il y en avait! On mettait des lunettes, on
s'armait de tous les lorgnons possibles, on croyait
apercevoir de petites fentes, — on n'était pas sûr; —

mais personne ne voulait renoncer à l'épreuve. Il n'en
coûtait rien d'essayer! C'eût été folie de ne pas le
faire.

— Eh! sans doute, dit l'abbé d'un air inquiet.
Nous essayerons tous, et les maladroits réclameront
l'indulgence du public.

— Mais moi, dit madame de Germandre, frappée
de la physionomie de l'abbé, je n'oublie pas le mot
qui vous a intrigué dans cet étrange testament.
Pourquoi l'épreuve est-elle qualifiée de *redoutable*,
et pourquoi a-t-on prévu le cas où quelqu'un y re-
noncerait d'avance?

Le chevalier, qui, appuyé contre la grille, exami-
nait le coffre avec une attention parfaitement calme,
prit alors la parole.

— Je trouve, dit-il, la chose complétement expli-
quée par les avertissements relatifs à l'ouverture de
ce coffre. Il est formellement interdit de se servir de
la force physique, et il est parlé du danger de le
gâter et de le mettre hors de service. C'est donc un
ouvrage délicat, et, comme le testateur lui attribue
un très-grand prix, il est sous-entendu que celui qui

l'endommagera en sera responsable devant les véritables héritiers, quels qu'ils soient. En outre, l'auteur
d'un ouvrage si parfait devait penser avec chagrin à
l'éventualité de sa destruction, et je ne m'étonne pas
du tout du soin qu'il a pris d'avertir les maladroits,
même en les menaçant un peu de périls imaginaires.

— C'est une explication comme une autre, dit
Octave; mais pourquoi dites-vous, mon cousin, que
ceci est un ouvrage parfait? qu'en savez-vous?

— Et vous-même, mon cousin, répondit l'homme
de campagne, que savez-vous du contraire?

— Moi, je n'affirme rien, et vous, vous affirmez.

— Oui, répliqua le chevalier, j'ose affirmer que,
si ce coffre a des jointures, comme on n'en peut pas
douter, elles sont disposées avec tant de précision,
que le travail en est admirable.

— Alors vous n'admettez pas que ceci puisse être
une mystification?

— Non, je n'admets pas cela.

— Pourquoi?

— Parce que j'ai du respect pour la mémoire de
mon oncle. Si vous n'en avez pas, cela vous regarde ;

mais vous me permettrez de ne pas penser comme
vous.

Cette réponse fut faite avec une fermeté qui sentait un peu la provocation et qui étonna de la part
d'un homme si timide. Octave sourit avec dédain,
et, s'adressant tout bas à Hortense :

— Savez-vous, lui dit-il, que votre cousin de campagne le prend avec moi sur un ton bien rogue?
Je vois que vous lui avez monté la tête!

— Contre vous?

— Peut-être! Qui sait?

— Octave, vous êtes fou! A quel propos?...

— Tout est mystère et apologue ici, ma chère
Hortense, et je ne me charge de rien deviner. Je dis
seulement que l'homme au grand chapeau fera sagement d'être plus poli avec moi; car je suis mal
disposé à la patience. Ce n'est pas ma faute si les
étrangetés dont nous sommes bernés me portent sur
les nerfs.

— Allons, dit Hortense, je vois bien que le dépit
de ne pas hériter vous donne envie de chercher querelle à quelqu'un. Mais, s'il faut absolument que

votre déception ait ce triste résultat, il serait plus
brave de vous en prendre à tout autre que le chevalier.

— Pourquoi? parce que vous le regardez comme
l'homme le plus inoffensif qui soit ici? Je veux bien
l'accepter pour tel, s'il ne sort pas du rôle qui lui
convient, et vous feriez peut-être sagement de
l'avertir, vous qui paraissez avoir sur lui une merveilleuse influence, que ces airs de matamore ne
lui vont pas du tout.

Le chevalier n'entendit et ne pressentit rien de ce
dialogue à voix basse. Il continuait à regarder le
sphinx avec une tranquillité qui parut de l'hébéte-
ment à ceux qui la remarquèrent. Au bout d'un
quart d'heure, il quitta la grille, et, s'approchant de
sa sœur :

— Voilà qui est fini pour nous, lui dit-il à l'oreille.
Il est bien inutile que nous revenions, car je n'ai aucune connaissance dans la partie, et ce n'est pas moi
qui m'exposerai au danger de frustrer les autres de
l'héritage en brisant des ressorts dont, en aucune
façon, je ne peux deviner le mécanisme. Voilà le

soleil qui baisse, et nous avons bien du chemin à faire pour rentrer chez nous avant la nuit.

— Oui, oui, vous avez raison, répondit Corisande ; partons ! je suis ennuyée d'être ici, et les enfants seraient fatigués de se coucher tard. Allez avec Lucien mettre la jument à la carriole ; moi, je ferai vos adieux avec les miens à notre cousine Hortense, et je vous rejoins dans cinq minutes avec la petite.

— Cinq minutes? Non, un quart d'heure, dit le chevalier. Il faut que notre pauvre bête mange l'avoine ; car je suis bien sûr qu'on l'a trouvée trop laide pour s'en occuper... Et puis... je crois que mon devoir serait de revenir saluer madame de Sévigny.

— Non, non, reprit vivement Corisande ; madame de Sévigny ne pense plus à nous. Elle est en grande causerie avec son cousin le capitaine... Voyez ! Autant vaut les laisser tranquilles.

— Ma sœur a raison ! pensa le chevalier, dont le cœur se serra en voyant de loin le tête-à-tête animé d'Hortense et d'Octave dans une embrasure de fenêtre. Je ferai aussi bien de me laisser oublier et d'oublier aussi !

Il alla chercher Lucien, qui restait collé à la grille du sphinx. L'enfant le supplia de le lui laisser examiner jusqu'au dernier moment.

— Mais que veux-tu donc examiner? dit le chevalier surpris de son insistance. Tu ne comprends rien à ces choses-là, toi, et je ne peux rien t'apprendre qui te mette sur la voie. Voyons, ne fais pas ici la figure d'un petit idiot !...

— Père, laisse-moi regarder encore, répondit Lucien. Tu vois bien que personne ne fait attention à moi. Ça m'intéresse, moi, ce coffre... et cette figure de femme à corps de lionne... J'ai une idée, vrai! une idée que je te dirai à la maison. Laisse-moi regarder afin de pouvoir me souvenir.

Le chevalier sourit de la prétention de l'enfant; mais, comme il ne savait pas le contrarier, il le laissa, en le recommandant à l'attention de sa sœur, et s'en alla aux écuries, où il trouva, non sans peine, son pauvre cheval, fort oublié dans un coin. Il lui mesura lui-même l'avoine qu'il avait discrètement apportée dans un petit sac, et le regarda manger.

Assis sur une botte de paille, le bon campagnard songeait un peu creux. Mille idées, mille sentiments confus avaient troublé l'habituelle sérénité de son âme, et il se reprochait de s'être ainsi laissé surprendre par des émotions folles. Mécontent de sa faiblesse, il se reprochait même le mouvement d'orgueil qui lui avait fait désirer l'occasion de montrer son courage; cette occasion, il croyait n'avoir pas su la trouver. Le silence dédaigneux d'Octave à sa dernière bravade lui faisait craindre de n'avoir pas employé des termes assez nets et assez clairs pour manifester sa fierté d'âme.

— Allons, se disait-il, je ne suis décidément bon à rien dans ce monde-là. Il est trop tard pour faire l'apprentissage des manières et des paroles qu'il faudrait avoir. Ma place n'est point ici, et on ne m'y reprendra plus! Mange, ma pauvre grise, mange vite, afin que nous nous en retournions chez nous, où, toi-même, tu es mieux soignée qu'ici!

Mais la grise n'avait plus guère de bonnes dents et ne broyait pas vite son avoine. Et puis il fallait la

faire boire, et le chevalier ne voulait attirer l'attention d'aucun des palefreniers.

— Je ne suis pas assez riche pour payer leurs services, pensait-il, et ils seraient capables de refuser
mon argent comme a fait M. Labrèche.

Pendant que le chevalier agissait et songeait ainsi,
Corisande faisait ses adieux à Hortense. Hortense
eût voulu revoir le chevalier, ou tout au moins dire
à sa sœur qu'elle persistait dans l'intention d'aller
leur rendre visite; mais la présence d'Octave, dont
elle voyait le dépit s'envenimer singulièrement, la
rendit plus froide et plus contrainte qu'elle ne l'eût
souhaité. Corisande, qui était très-fière, s'en aperçut
et brusqua les derniers compliments. Elle appela
Lucien, qui prit gravement la petite main de Marguerite sous son bras, et tous trois sortirent du
laboratoire.

Mais Marguerite avait oublié son chapeau de paille
dans le boudoir, où avec sa tante elle avait été reçue
d'abord par Hortense; mademoiselle de Germandre
confia la petite à son frère, qui savait déjà très-bien
se retrouver dans la vaste résidence, et courut à la

recherche du chapeau, voulant éviter de demander
le moindre service à Labrèche, dont l'impertinence
lui était odieuse.

Les plus insignifiantes actions semblent parfois
provoquées par une malicieuse ou bienfaisante destinée. A peine mademoiselle de Germandre était-
elle entrée dans le boudoir, qu'elle y vit accourir
Octave.

VII

Octave ne songeait pourtant guère à poursuivre
Corisande. Il ne pensait qu'à Hortense, qui venait
de le quitter un peu brusquement, mécontente de
lui et lasse de ses railleries. Il s'était imaginé de la
suivre jusqu'à son appartement pour tâcher d'obtenir sa grâce. Mais Hortense avait pris à droite pendant qu'il continuait à gauche dans la galerie, et elle

s'était réfugiée dans la bibliothèque tandis qu'il pénétrait dans le boudoir.

Il eut un mouvement d'humeur en y trouvant la villageoise.

— Pardon, ma cousine, lui dit-il en se retirant aussitôt; ce n'est pas vous que je cherchais...

— Et qui donc cherchiez-vous d'un air si soucieux? dit Corisande avec inquiétude. Ce n'est pas notre cousine Hortense, puisque vous étiez tout à l'heure avec elle?

Octave fut très-surpris de l'accès de curiosité de la demoiselle de campagne. Il ne savait pas que Corisande, ayant entendu ses menaces contre le chevalier, craignait une nouvelle rencontre et une querelle entre eux. Il la regarda en face d'un air moqueur et lui demanda en quoi ses entrevues plus ou moins répétées avec madame de Sévigny pouvaient l'intéresser.

— Apparemment que ça m'intéresse en quelque chose, répondit ingénument Corisande. Ne sauriez-vous répondre oui ou non, quand je vous demande si c'est elle que vous cherchez?

— Eh bien, ce n'est pas elle, dit Octave en levant les épaules, et je vous donne le bonjour, ma belle cousine.

— Oh! pas si vite que ça, reprit mademoiselle de Germandre, persuadée qu'il cherchait le chevalier pour lui témoigner sa rancune. Vous causerez bien une minute avec moi, par honnêteté!

— Ah! vraiment? s'écria le capitaine de chasseurs en retroussant sa moustache hérissée d'un mouvement de fatuité railleuse : vous voulez causer, ma cousine? Eh bien, causons.

Et, s'approchant d'elle, il fit mine de l'embrasser.

— Tiens, voilà qui est drôle! dit Corisande en le repoussant avec sang-froid; j'aurais cru que c'était, ça, des manières de valet de chambre!

— Les valets de chambre! reprit Octave piqué; est-ce qu'ils vous ont embrassée, ma cousine?

— Oh! on n'embrasse point celles qui ne veulent point! vous devez bien savoir ça.

— Je sais que vous êtes très-jolie, et qu'il ne serait pas désagréable de vous embrasser. Vous ne voulez pas, soit! mais alors que voulez-vous de moi?

Je ne sais pas causer avec une jolie personne sans lui faire la cour, je vous en avertis!

— Si vous ne savez dire aux femmes que des folies ou des insolences, c'est donc que vous les croyez toutes sottes ou sans cœur?

— Ah! voilà que vous parlez comme...

— Comme qui? Voyons! Est-ce que madame Hortense vous dit quelquefois la même chose?

— Hortense!... Hortense!... De quoi diable vous mêlez-vous, ma cousine? Vous êtes curieuse, à ce qu'il parait?

— Nenni! je ne suis point curieuse; mais j'ai des yeux, et je vois bien que vous avez du chagrin.

— Du chagrin, moi? Jamais!

— Oh! vous voulez faire le sans-souci et la mauvaise tête! mais vous n'êtes pas si terrible que ça! Vous êtes un garçon malheureux, voilà tout, et je sais bien où la mouche vous pique!

— Tiens, tiens, tiens! Voyons, que savez-vous?

— Je sais que vous aimez les querelles et que vous vous moquez toujours. Ça fait qu'avec beaucoup d'esprit, vous vous prenez à des sottises et que

vous parlez souvent comme un homme qui serait
mauvais. Vous vous en apercevez de temps en
temps et ça vous ennuie, et alors vous vous dites en
vous-même : « Je voudrais bien avoir raison, mais
j'ai tort; » et, malgré vous, vous en êtes peiné.

— Ah çà! vous me faites la morale!... Savez-vous
que c'est là une preuve d'intérêt dont je pourrais
m'enorgueillir?

— Oh! si vous me contez fleurette, c'est temps
perdu! Je n'écoute personne, moi, et je vous le dis
une fois pour toutes; je suis une fille raisonnable,
Dieu merci, et, ne me voulant point marier, je n'ai
point d'oreilles pour les badinages.

— Et pourquoi ne voulez-vous pas vous marier?
dit Octave, que la droiture naïve de la demoiselle de
campagne commençait à intéresser.

— Parce que je n'ai pas le moyen! Mon frère n'a
pas plus qu'il ne faut pour élever ses enfants, et, si
je prenais ma part, Marguerite serait obligée de rester fille. Il vaut bien mieux que ça soit moi, puisque
je me trouve contente comme me voilà et que je ne
songe point à être mieux.

— Comment! à vingt ans, vous croyez pouvoir vous condamner à la solitude?

— Je ne suis point seule. Tant que j'aurai mon frère, j'aurai le meilleur de tous les amis, et il est encore assez jeune pour que ça dure. Il n'y a qu'un accident qui pourrait me l'enlever, et alors, voyez-vous, si le malheur arrivait... Ah! ce serait trop pour moi! J'élèverais les enfants de mon mieux; mais celui qui m'aurait tué mon frère pourrait bien dire qu'il m'a tué le cœur!

Les yeux de Corisande se remplirent de larmes et Octave devina tout. Il se rappela avoir dit de mauvaises paroles, et que, dans ce moment-là, voyant mademoiselle de Germandre assez près de lui, il avait baissé la voix, probablement trop tard. Octave était généreux, malgré sa langue cruelle. Il fut ému de cette douleur profonde et vraie, et prit la main de sa cousine sans rien dire. Corisande comprit ce bon mouvement et ne retira pas sa main.

— Voyons, ma cousine! dit enfin Octave tout en s'étonnant de la souplesse de cette main un peu grande, mais élégante et bien dessinée; il ne faut

8

pas avoir peur de moi! Je ne suis pas un méchant homme.

— Je ne sais, répondit Corisande en retirant sa main sans affectation pour essuyer ses yeux. Je pense que vous mériteriez d'être heureux, et que, si vous le vouliez, vous le seriez bien vite.

— Pourquoi me parlez-vous donc toujours de mon bonheur, dont il me semblait que vous ne pouviez vous faire aucune idée juste, et de mes chagrins, que vous ne pouvez pas connaître? Voyons! vous avez de l'esprit naturel, et, je crois, beaucoup de jugement, ma chère Corisande. Expliquez-vous clairement. Je vous écoute sans raillerie, je vous le jure!

— Eh bien, mais, reprit Corisande, satisfaite du résultat qu'elle avait obtenu d'être enfin prise au sérieux par le jeune capitaine, est-ce que je n'ai point passé quasi une heure aujourd'hui entre vous et notre cousine Hortense? est-ce que je n'ai point vu que vous étiez son amoureux?

— Vous croyez que je suis *son amoureux*, c'est-à-dire celui dont elle accepte l'amour?

— Oui, je le crois, à cause justement de la bis-
bille qu'il y a entre vous aujourd'hui. Vous ne vous
laissez point tranquilles l'un l'autre; ce qui est la
preuve que vous ne pouvez point vous passer l'un
de l'autre.

— Eh bien, vous vous trompez, ma chère cousine.
Madame de Sévigny peut fort bien se passer de moi,
elle ne m'aime point du tout.

— Alors, c'est votre faute!

— Comment ça?

— Parce que vous la choquez par vos malices!
Qu'est-ce qui vous manque pour être aimé d'elle?
Ce n'est point le rang, l'esprit, ni la figure, ni le courage, ni l'honneur, n'est-ce pas? C'est peut-être un
peu de bonté. Les femmes aiment la douceur, et on
peut même dire que c'est de ça qu'elles vivent. Mon
frère a tout ce que vous avez de bon, et c'est de quoi
l'estimer et le respecter : mais, s'il avait avec ça ce
que vous avez de mauvais, je veux dire des paroles
dures et des moqueries injustes, je vous réponds que
je ne me trouverais point heureuse à la maison!
Quand une femme a un chef de famille, qu'il soit

son père, son mari ou son frère aîné, elle sait bien que c'est pour le soigner et le servir; mais c'est à lui de savoir qu'il faut payer ça par de l'amitié, de la confiance et du respect.

— Vous parlez comme un ange, ma chère cousine, dit Octave surpris de trouver tant de fond et de délicatesse chez une fille des champs. Mais le monde où vous vivez est plus sérieux et meilleur que le nôtre. Dans le nôtre, on a de l'esprit. C'est un grand mal, j'en conviens, car avec l'esprit il y a toujours plus ou moins de méchanceté; mais les femmes du monde s'ennuieraient avec nous si nous étions parfaits; elles ne sont point parfaites elles-mêmes... tant s'en faut !

— Voilà que vous dites du mal de votre cousine, sans avoir l'air d'y toucher !...

— Eh bien, ma foi, oui ! disons-en un peu de mal, ça me soulagera. Ma cousine est romanesque... Ah ! vous ne savez pas ce que c'est, n'est-ce pas ? Tant mieux pour vous ! l'homme que vous aimerez peut-être, malgré vos résolutions, sera bien heureux ! vous ne lui demanderez pas l'impossible, vous ! vous n'exigerez pas qu'il vous fasse rire avec sa gaieté et soupirer avec sa mélancolie. Vous ne lui demanderez pas d'être aimable, enjoué, beau diseur, et en même temps sentimental, poétique et emphatique!

— Tout ce que je comprends à vos grands mots, reprit Corisande en souriant, c'est que vous en cherchez trop long pour plaire, et que madame Hortense, plus sage que vous ne pensez, ne vous en demande pas tant!

— Que demande-t-elle donc, selon vous?

— Que vous l'aimiez tout bonnement, sans vous méfier d'elle; car, sans en savoir bien long, je suis sûre d'une chose : c'est que celui qui ne croit point en nous ne nous aime point. Moi, je me sentirais offensée, même si un petit enfant me disait que je le trompe !

— Ah! c'est que vous, Corisande!... vous êtes si vraie, si pure... Je suis bien sûr que vous n'avez jamais menti aux autres ni à vous-même!

Et Octave, ému au delà de toute prévision, reprit la main de Corisande et la porta involontairement à ses lèvres.

8.

— Il ne s'agit point de moi, dit mademoiselle de Germandre en se levant, avertie, par un secret instinct de pudeur, du trouble qui s'emparait d'Octave : moi, je m'en vas, mon cousin, et nous nous sommes vus aujourd'hui pour la première et la dernière fois. Je souhaiterais emporter un peu de votre amitié et que la mienne vous portât bonheur. Pensez un peu à ce que je vous ai dit pour votre gouverne avec Hortense; ça n'était pas bien dit, je ne sais point causer ! mais c'était la vérité de mon cœur, et, si le vôtre se laisse aller à la bonne foi, vous verrez que notre cousine s'y rendra et que vous serez aimé d'elle. Adieu. Je prierai pour vous; et, si vous aidez le bon Dieu, il travaillera pour vous.

— Comment ! vous partez déjà ? dit Octave un peu agité : déjà, ce soir?... tout de suite, et pour toujours, vous dites? Mais non ! vous reviendrez après-demain. Vous tenterez l'épreuve du sphinx ! Votre frère...

— Mon frère ne reviendra pas. Il a dit que c'était inutile, qu'il ne connaissait rien à ces affaires-là, et qu'il ne fallait pas se monter la tête pour des ambitions déplacées. Je pense qu'il a bien raison et qu'il vaux mieux pour nous songer à couper nos blés. Il doit m'attendre. Adieu je vous dis, mon cousin, et encore bon courage et bonne chance!

Corisande sortit, laissant Octave très-surpris, mais riant déjà un peu en lui-même de l'impression qu'elle avait produite sur lui pendant quelques instants. Il songea alors à Hortense, et, se tourmentant l'esprit entre deux courants d'idées contraires, il se sentit plus que jamais blessé de la froideur de la femme élégante, et mal disposé à suivre les bons conseils de la villageoise.

Cependant on avait fini d'examiner le sphinx, et le notaire convoquait l'assemblée pour le surlendemain, après avoir rappelé à haute voix les noms des personnes investies de la confiance du testateur pour la garde du laboratoire et la police des épreuves. Ce choix, qui était l'objet d'une disposition particulière, désignait le curé de la paroisse, le maire du village et son adjoint, le notaire, le juge de paix et son greffier, le garde champêtre, le majordome du château et Labrèche, qui se sentit grandir de dix

toises en recevant cette marque imprévue de la confiance de son ancien maître.

Le garde champêtre et lui, le greffier et l'adjoint
devaient veiller alternativement jour et nuit autour
du laboratoire; les autres gardiens coucheraient dans
des chambres peu éloignées, afin d'être debout à la
moindre alerte de ceux qui monteraient la garde.

On trouva ces précautions fort offensantes pour
l'honneur de la famille, et plusieurs parlèrent de se
retirer; mais tout le monde resta, tant le rêve d'une
merveilleuse fortune exerçait d'empire sur les imaginations.

Hortense seule était aussi indifférente à l'issue de
l'affaire que le chevalier et sa sœur. Elle serait partie
si sa mère ne s'y fût opposée. Mais madame de Germandre avait de vagues espérances qu'elle se gardait
bien de laisser pénétrer. Elle disait simplement que
les grands arcanes du coffret risquaient bien de n'être
qu'une niaiserie du vieux marquis, et que le hasard
pouvait faire trouver le mystère à des mains igno-
rantes plus vite que le calcul à de doctes cervelles.
Elle voulait absolument que sa fille essayât, et Hor-

tense céda, tout en s'étonnant d'une confiance qui lui paraissait chimérique et puérile.

En repassant dans la bibliothèque pour aller dîner, elle trouva Octave, qui, s'étant vu évité, n'insistait plus pour se réconcilier avec elle. Il avait une figure triste et préoccupée qui l'affligea.

— Mon cousin, lui dit-elle en lui tendant la main, faisons la paix. Nous n'avons plus à bâtir aucun château en Espagne à présent. Vous avez deviné juste, selon moi : nous sommes tous mystifiés. Moi, je m'y attendais et n'en prends nul souci. Mais c'est une contrariété pour vous, qui pouviez espérer au moins un souvenir particulier de notre oncle. Voyons pourtant ! vous avez trop de cœur et d'esprit pour vous affecter sérieusement de ce qui arrive. Vos amis vous restent, vous aurez l'occasion prochaine d'un bel avancement militaire, et, si vous êtes, comme vous le croyez, victime de quelque sourde persécution, ceux qui vous aiment vont aviser à la combattre. D'ailleurs, vous avez parfois des idées de mariage, et on peut s'occuper pour vous avec succès d'un heureux choix. Enfin ne doutez pas de nos cœurs comme vous doutez de tant d'autres. Ma mère et moi...

— Oui, oui, vous êtes très-bonnes toutes les deux,
je le sais, répondit Octave en lui baisant la main;
mais parlons, s'il vous plaît, de toute autre chose
que de mariage. Ce mot sonne mal aux oreilles d'un
neveu déshérité, et plus que jamais je reconnais que
je dois épouser mon sabre. L'occasion de m'en servir reviendra bientôt, comme vous le dites fort bien,
et, quant à la persécution, j'espère la déjouer moi-
même, un jour ou l'autre, à force de bravoure. Restons
amis, voilà le meilleur et le plus sûr de mon avenir.

Hortense sentit qu'il y avait beaucoup d'amertume dans les paroles et derrière le sourire de son
cousin. Elle pensa que le mieux était de ne pas paraître s'en apercevoir, et elle prit son bras pour aller
s'asseoir au repas de famille, qui fut la chose la plus
solennelle, la plus contrainte et la plus ennuyeuse
du monde, en dépit des saillies d'Octave et du miel-
leux enjouement de l'abbé.

Après le repas, chacun se dispersa. On se trouvait
gêné les uns vis-à-vis des autres, surtout depuis
qu'on s'était regardé d'un air de rivalité anxieuse

autour du sphinx. On s'était compté, et on savait
gré au chevalier de s'être retiré en paraissant renoncer à l'épreuve. C'était toujours un concurrent
de moins. Pourtant, comme il avait oublié de faire
une déclaration officielle à cet égard, rien ne l'empêchait de revenir. Mais, après tout, on ne le craignait guère. On l'avait vu contempler le coffret avec
la même simplicité de physionomie que son petit
garçon.

Il était minuit, tout le monde était couché depuis
longtemps, sauf Labrèche et le garde champêtre,
qui devaient monter la garde jusqu'à trois heures du
matin, lorsque la baronne de Germandre, qui connaissait déjà les êtres comme si elle eût passé sa vie
dans le château, se glissa sans bruit dans la bibliothèque. Une porte latérale donnait sur la galerie où
le garde champêtre, ancien dragon retraité pour
cause de blessures et armé d'un vieux sabre de cavalerie, faisait sa faction en conscience, pendant que
Labrèche, tantôt assis, tantôt étendu sur une ban-
quette, luttait déjà contre le sommeil.

La baronne ne se faisait aucun scrupule d'interro-

ger ce valet si bien disposé par nature à la conversation. Elle n'avait nullement l'espoir ni le projet de
s'introduire furtivement dans le laboratoire. Sa conscience, tout maternellement préoccupée qu'elle
pouvait être, y eût regardé à deux fois avant de se
résoudre à une supercherie aussi grave. Mais il est
avec la conscience comme avec le ciel des accom-
modements. Le testateur n'avait pas prévu que ses
gens pussent parler; il ne s'était pas méfié de Labrèche, et, si Labrèche n'était pas incorruptible,
tant pis pour le caprice du testateur! C'eût été à lui
de connaître mieux son monde.

Mais comment entrer en matière? car le plus difficile, en pareille occurrence, c'est de lancer la première ouverture sans se compromettre. La fine
Polonaise avait réfléchi à cela; elle avait un prétexte
tout prêt pour aborder résolûment l'objet de sa contention d'esprit.

Elle approcha sans bruit de la porte entr'ouverte,
attendit sans se montrer que le garde champêtre eût
le dos tourné et fût assez loin pour ne pas l'entendre; puis, avec un demi-sifflement aussi doux que

celui d'un petit oiseau, elle éveilla l'attention de
Labrèche, et rentra dans la bibliothèque avant qu'il
l'eût aperçue.

Le vaniteux Labrèche crut à quelque aventure. Il
se leva doucement et entra sur la pointe du pied.
Mais, en voyant madame de Germandre, il ôta sa
casquette anglaise à visière retroussée, et, s'excusant
d'être en veste, il attendit les ordres qu'elle voudrait
lui donner. La baronne plaisait beaucoup à Labrèche : il la trouvait accorte et bienveillante. Il faisait des vœux pour sa fille ; mais pour rien au monde
il n'eût trahi le mandat dont il était investi ; son
amour-propre était, en cette circonstance, à la hauteur d'une probité inaltérable.

Quant à causer, Labrèche, ne sachant absolument
rien, ne pouvait s'en faire scrupule, et il fut charmé
d'y être provoqué par le début solennel qu'avait
préparé la baronne.

— Monsieur Labrèche, lui dit-elle, je ne crois
pas que votre devoir soit de ne pas répondre à une
question que je veux vous adresser, et mon intention
n'est pas de vous faire manquer à votre consigne...

9

tout au contraire, je crois que l'attention que je réclame de vous vous aidera à combattre la fatigue du
sommeil. Vous pouvez laisser cette porte ouverte et
suivre des yeux les évolutions du garde champêtre ;
mais, comme il est inutile qu'il me voie, je me tien-
drai ici de côté. La question que j'ai à vous adresser
est fort sérieuse et assez délicate. Le marquis avait-il
des dettes, j'entends des dettes considérables, et, en
tentant de s'emparer de la succession par l'ouverture
du *coffret enchanté*, ne risque-t-on pas d'être ruiné
soi-même? Vous voyez que je ne pouvais demander
cela à son notaire, qui se croirait peut-être engagé
par son devoir à ne pas répondre; mais vous qui,
probablement, savez le fond des choses et qui n'êtes
pas condamné à vous taire...

La baronne ajouta quelques insinuations adroites
et pourtant claires sur la récompense d'argent attachée à la sincérité de la réponse.

— Je n'ai pas besoin des bontés de madame la baronne pour dire ce que je sais, répondit Labrèche,
extrêmement flatté de l'importance qu'on lui attribuait, et trop bien élevé pour faire des conditions ; à

ma connaissance, M. le marquis n'a pas laissé pour un sou de dettes.

— A la bonne heure, dit la baronne, vous me soulagez d'une grande appréhension, quoique, après tout, ajouta-t-elle d'un ton insinuant, je n'espère rien du résultat de l'épreuve. Il n'y aurait qu'un hasard... Croyez-vous que ce soit bien difficile d'ouvrir ce coffre?

— Non, madame, c'est peut-être très-facile; le tout est de savoir!

— Eh! sans doute, si on savait!... Je parie que, si vous vouliez, vous... Vous savez, n'est-ce pas?

Labrèche secoua la tête.

— Vous avez dû essayer quelquefois, reprit la baronne, ne fût-ce que par amusement, par curiosité... Il n'y avait aucun mal à cela...

— Sans doute, il n'y avait aucun mal, répondit Labrèche; mais monsieur était toujours là! Une seule fois, j'ai osé...

— Eh bien, monsieur Labrèche?

Labrèche garda le silence, et sa physionomie marqua de l'inquiétude; c'était s'arrêter au plus beau moment, et la baronne fut vivement contrariée de sa soudaine préoccupation.

— Qu'y a-t-il? qu'avez-vous? lui dit-elle avec un peu d'impatience.

— Il y a, madame, dit Labrèche, que quelqu'un marche dans le corridor, et que ce n'est point le pas du garde champêtre. Il faut que madame me permette de voir de quoi il retourne et si on cherche à tromper ma vigilance!

VIII

— Allez! allez! dit vivement la baronne, blessée de l'idée qu'elle pouvait sembler favoriser un complice.

En ce moment, et comme Labrèche se précipitait dans la galerie, elle entendit la voix du garde champêtre qui répondait à un interlocuteur invisible.

— Je ne sais pas, je ne sais rien, disait l'honnête

fonctionnaire rustique; si monsieur souhaite parler
à M. de Labrèche, il est par là, et même... le voici !

— Oui, oui, répondit une voix que la baronne
reconnut pour celle de l'ex-abbé de Germandre, c'est
à M. *de* Labrèche que je veux parler.

Labrèche toussa pour avertir la baronne, afin
qu'elle eût à se sauver si elle le jugeait convenable;
mais la baronne était trop curieuse de ce que l'abbé
venait demander à Labrèche pour ne s'être pas vite
décidée à l'entendre. Elle se cacha derrière un ri-
deau, et, l'abbé ayant désiré se trouver seul avec le
valet de chambre, tous deux entrèrent dans la bibliothèque sans soupçonner la présence d'un tiers.

Il est à croire que l'abbé, tout aussi fin que la
baronne, avait fait absolument le même calcul. Il
comptait sur le bavardage de Labrèche, et, lui aussi,
il s'était ménagé un prétexte pour le questionner.

Il entra en matière plus résolûment que madame
de Germandre.

— Voyons, mon cher Labrèche, dit-il en s'asseyant
pourtant avec une certaine méfiance sur le fauteuil
que la baronne venait de quitter, je veux vous

poser une question grave, et à laquelle un homme
d'esprit et de cœur comme vous ne peut se dispenser de répondre, car c'est une question de vie et de
mort.

— Monsieur désire savoir, répondit ingénument
Labrèche, si feu M. le marquis a laissé des dettes?

— Non, non, reprit l'abbé, je sais qu'il avait de
l'ordre et qu'il était entouré de gens sages et fidèles.
Mais il ne faut pas se dissimuler que mon pauvre
frère avait une malice, une bizarrerie... peut-être
un grain de folie, n'est-il pas vrai? Qu'en pensez-
vous, Labrèche?

— Je pense que M. le marquis n'était ni fou ni
méchant, répondit Labrèche, qui n'était pas méchant non plus et qui avait plus de sottise que de
folie en lui-même.

— Vous êtes un bon serviteur, je le sais, reprit
l'abbé; mais, quoiqu'il m'en coûte de soupçonner
un frère que j'ai toujours aimé, les paroles du testament, le mot d'*épreuve redoutable* et l'offre de renoncer à cette épreuve après le premier examen du
sphinx sont faits pour donner à réfléchir. La manière

dont le laboratoire est construit, avec sa voûte épaisse, son revêtement de briques, ses séparations en moellons derrière lesquelles il semble que les spectateurs des épreuves doivent s'abriter, s'ils tiennent à leur existence...

— Oui, oui, monsieur, j'y suis, je comprends, répondit Labrèche d'un air profond. Monsieur craint d'être fusillé par quelque pièce d'artillerie cachée dans le fameux coffret.

— Eh bien, ma foi, pourquoi non? dit l'abbé. N'est-ce pas une nouvelle invention contre les voleurs, et que l'on applique aujourd'hui à tous les coffres-forts?

— M. l'abbé me fait trembler, dit Labrèche en pâlissant. Quand je pense qu'un jour... oui, un jour, poussé par le diable... saisi d'une curiosité... d'artiste, oui, d'artiste, monsieur l'abbé, je portai la main sur un de ces maudits coffres!... Ce n'était pas le sphinx. C'en était un autre qui s'appelait *la foudre*. Et j'allais m'exposer, lorsqu'en ce moment M. le marquis entra, et, me faisant des yeux terribles : « Malheureux! s'écria-t-il, es-tu las de ta sotte existence?

Eh bien, pousse un peu le troisième bouton à gauche, et tu seras servi à souhait!» Cet avertissement me fit tant d'effet, que je me sauvai à toutes jambes; mais, en entrant ici, je tombai sans connaissance, et j'en fus malade pendant plus de quinze jours.

L'abbé avait pâli aussi. En posant cette question à Labrèche, il s'attendait à être pleinement rassuré, et sa feinte inquiétude, manifestée déjà devant les autres héritiers pour diminuer la concurrence, venait de se changer en une terreur réelle. La baronne, dans sa cachette, ne fut pas moins épouvantée, et elle eut grand'peine à retenir une exclamation de surprise et de frayeur.

Pourtant l'abbé n'était pas homme à se laisser tromper par les apparences; il se remit promptement, et, réfléchissant tout haut, sans ruser cette fois :

— Ne pensez-vous pas, mon cher Labrèche, dit-il, que mon frère vous a parlé ainsi pour préserver ses puérils secrets de votre curiosité... d'artiste?

— Monsieur, la chose est possible, répondit Labrèche, et je me la suis dite à moi-même plus d'une fois, tellement, que je n'y pensais plus et que je l'aurais oubliée, si M. l'abbé ne m'eût parlé des briques, des moellons... et de toutes ces précautions dont je n'avais jamais songé à me tourmenter l'intelligence.

— Eh bien, voyons! mes craintes sont peut-être chimériques! Aidez-moi à me faire une opinion raisonnable.

— Certainement, je le veux bien! mais comment puis-je aider monsieur?...

— D'abord, ce n'est pas le sphinx dont il était question; c'était *la foudre,* un nom bien clair et destiné à avertir les imprudents! Ensuite... dites-moi : avez-vous quelquefois entendu des expériences... des explosions dans le laboratoire?

— Non, monsieur, jamais. Pourtant le valet de chambre que j'ai remplacé m'a dit qu'il se faisait, la nuit, dans le château, des fracas abominables et que le diable entrait et sortait par les fenêtres. J'ai pensé que c'était un garçon superstitieux et poltron; et, après quelques nuits d'inquiétude, j'ai fini par dormir ici sur les deux oreilles.

9.

— Ne pensez-vous pas aussi que ce valet de chambre, dépité de perdre sa place, avait voulu vous en dégoûter en vous faisant des contes effrayants?

— Oui, monsieur, je l'ai pensé.

— Encore un mot, dit l'abbé en se levant. Vous n'avez jamais rien entendu, j'en suis certain; mais n'avez-vous jamais remarqué sur les murs quelque dégradation causée par des projectiles quelconques?

— Non, monsieur, jamais; mais, quand je suis arrivé ici, on venait de recrépir, et mon prédécesseur m'a dit que le plafond et les murailles étaient criblés de boulets.

— De boulets? C'était risquer d'effondrer le château! N'était-ce pas plutôt des balles?

— Il a dit des boulets; mais monsieur peut bien penser que je n'en ai rien cru!

— Avez-vous quelque motif de croire aux balles?

— Ça, c'est différent! Pendant un temps, M. le marquis a fait des fusils et des pistolets. Mais je ne lui en ai jamais vu faire.

— Alors, je crois que tout s'explique, reprit l'abbé,

et qu'il a pu faire de son laboratoire, pendant un temps, comme vous dites, une espèce de tir.

— Oui, monsieur, c'est là mon opinion.

L'abbé fit encore beaucoup de questions à Labrèche, mais sans manifester d'autres motifs de curiosité. Il vit bien vite que l'honnête serviteur ne savait rien, et, ne voulant pas se compromettre inutilement, il se retira en le remerciant de sa franchise et en le complimentant sur sa perspicacité.

A peine fut-il sorti, que la baronne reparut. Labrèche, qui avait l'esprit un peu troublé par les questions de l'abbé, crut voir un spectre et faillit crier; mais la baronne le rassura vite en lui parlant :

— Monsieur Labrèche, lui dit-elle, j'ai un grave reproche à vous faire : c'est de ne m'avoir pas avertie du danger qui vient de vous être signalé.

— J'allais le faire, madame la baronne! j'étais sur le point de raconter la chose à madame, au moment où nous avons été interrompus par M. l'abbé.

— Mais comment n'en avez-vous parlé à personne jusqu'à présent? Ce matin, quand j'ai insisté sur les paroles équivoques du testament...

— J'y songeais, madame la baronne, j'y songeais!
mais le chevalier a donné des explications qui ont
paru satisfaire tout le monde...

— Et qui vous ont satisfait vous-même? Vrai, la
main sur la conscience, vous ne croyez pas que le
sphinx soit chargé à mitraille?

— Madame me fait frémir!... pourtant je ne peux
pas croire à cela!

— Le marquis n'était pas méchant, haineux, perfide? vous en êtes sûr?

— J'en suis aussi sûr qu'on peut l'être de quelque
chose avec un homme qui parle toujours d'une façon
embrouillée et mystérieuse. Monsieur se moquait
beaucoup de ses héritiers; mais il n'en détestait
aucun, et je ne lui ai jamais vu faire ni souhaiter de
mal à personne.

— Et il n'était pas fou? sur votre honneur, monsieur Labrêche, il avait toute sa raison?

— Sur mon honneur, répondit Labrêche, il ne
m'a jamais semblé ce qu'on appelle fou... Il était
seulement un peu étonnant quelquefois. Il avait des
idées...

— Voyons, citez-m'en une entre autres !

— Ah ! dame, je ne sais ! il en a eu tant! Il n'aimait pas le bon vin, d'abord. Il en remplissait sa
cave, n'invitait presque jamais personne à sa table,
et ne buvait que de la piquette. Et puis il a eu le
goût des lézards verts, et, pendant deux mois, il fallait lui en apporter tous les jours ; et, dans ce temps-
là, il était toujours habillé de vert de la tête aux
pieds, prétendant que ses lézards, le voyant de leur
couleur, s'apprivoiseraient avec lui. Mais il a fallu y
renoncer, les lézards ne s'apprivoisaient pas du tout.
Dès qu'il ouvrait leur cage, ils se sauvaient ; la maison en fut remplie, et c'était fort désagréable. Alors
M. le marquis *s'inventa* d'apprivoiser des sauterelles,
et ensuite des perroquets verts, qui étaient tout ap-
privoisés d'avance et qui mangeaient tout aussi bien
dans ma main que dans la sienne. C'est ce qui le dé-
goûta des perroquets ; et pour lors il les fit tous tuer
pour étudier leur gosier ; il voulut faire un perroquet
parlant, comme M. *de* Vaucanson, dont il vantait
toujours l'habileté, a fait un canard qui mange. Il
n'en vint pas à bout et retourna à ses coffres ; mais,

dans ses derniers jours, au lieu d'être abattu et effrayé, il était gai comme un pinson et faisait un tas de questions *auxquelles qu'il* était impossible de répondre, vu qu'on n'y comprenait goutte.

— Tout cela ne me paraît pas d'un homme sanguinaire, dit la baronne ; mais rien de tout cela ne me paraît d'un homme raisonnable, et voilà que je ne suis pas rassurée du tout, monsieur Labrèche. Vrai, j'y regarderai à deux fois.avant de permettre à ma fille de toucher à cet engin diabolique. Je vous assure qu'il y a dans ce château quelque chose comme cela. Ces boiseries qui sont de sanglantes satires, ces peintures du préau où l'on voit des monstres affreux dévorer des gens, ces vilains distiques qui, sous forme de plaisanteries, sont des malédictions et des menaces... Non, non, je ne dormirai pas tranquille ici, et j'aurai de mauvais rêves !

La baronne récompensa généreusement la conversation de Labrèche et se retira dans son appartement pour rêver à l'objet de son ambition maternelle, mais sans fermer sa porte, qui donnait en face de celle de la bibliothèque ; car, au milieu de plus d'un genre de terreurs, la plus grande de toutes était encore celle d'une trahison qui livrerait le secret à un concurrent de sa fille. Elle se méfiait fort de l'abbé, et deux ou trois fois elle alla sur la pointe du pied s'assurer qu'il n'était pas retourné auprès de Labrèche.

De son côté, l'abbé, qui se méfiait de tout le monde et qui veillait avec angoisse, sortit à tâtons de chez lui, entendant ou croyant entendre marcher dans les corridors. Ces deux inquiétudes qui se surveillaient l'une l'autre faillirent plus d'une fois se trouver face à face ; mais elles s'évitèrent si adroitement, qu'elles se devinèrent et s'observèrent sans se voir.

Quand six heures du matin sonnèrent, la baronne était rompue de fatigue, au point qu'elle se jeta tout habillée sur son lit. En ce moment, Hortense se levait et entrait chez sa mère pour lui proposer une promenade matinale. La baronne ne lui raconta pas les agitations de sa veillée ; elle prétendit avoir écrit des lettres fort tard.

— Puisque c'est ainsi, lui répondit Hortense, il

faut dormir jusqu'à midi, chère mère. Je vais vous
aider à vous déshabiller. Me permettez-vous d'aller
courir les champs pendant que vous vous reposerez?

— Ah! courir... avec Octave?

— Au contraire, pour éviter Octave, dont la
manière d'être avec moi commence à me devenir
fort pénible.

— A la bonne heure! Mais où donc irez-vous?

— Je ne sais pas, dit Hortense. On m'a parlé d'une
jolie chapelle et d'une belle vue sur une montagne,
à une lieue d'ici. Je vas m'informer, et, si c'est trop
loin pour mes petites jambes, j'irai en voiture. Je
me ferai conduire par les chevaux de la maison, afin
d'être revenue pour déjeuner avec vous.

La baronne s'endormit en se disant qu'elle avait
tout le temps d'asseoir son jugement sur les dangers
réels ou imaginaires de l'épreuve du sphinx et qu'elle
aurait l'esprit plus lucide à son réveil.

Hortense était à peine hors de l'enceinte du château, qu'Octave de Germandre se levait, résolu à
faire aussi une promenade.

— Profitons, se disait-il, du sommeil de ma belle cousine, pour nous échapper aujourd'hui. Il m'est impossible de prolonger, du matin au soir, l'espèce de tête-à-tête où l'on nous laisse et qui paraît la divertir médiocrement, tandis qu'il arrive à me porter sur les nerfs et à me rendre très-malheureux. Notre situation est fausse. Malgré elle, et malgré moi aussi peut-être, nous pensons probablement tous les deux à l'épreuve de demain. Nous nous sentons joués et déshérités; mais l'imagination, si bien nommée la folle du logis, persiste à rêver un dénoûment fantastique, qui changera ou déterminera nos volontés. Qui sait si Hortense n'attend pas que j'aie perdu toute espérance pour revenir à moi? Et qui sait si, moi-même, enrichi par un miraculeux hasard, je ne mettrai pas avec enthousiasme mes trésors à ses pieds?... Avec enthousiasme? Suis-je capable d'enthousiasme, moi? — Non! je n'ai encore éprouvé rien de semblable, et j'aurai de la peine à oublier que mon aimable petite cousine m'a beaucoup blessé, beaucoup fait souffrir hier.

Octave appela son chasseur, lui ordonna de seller

ses chevaux et prit sa tenue de voyage. Il se hâta,
sous l'empire d'une idée qui l'avait poursuivi durant son sommeil, et dont il voulait avoir raison
avant de sortir du château.

La veille au soir, en traversant la galerie des
tableaux, vivement éclairée en quelques endroits, le
jeune homme avait remarqué un portrait en pied
qui l'avait beaucoup impressionné sans qu'il sût
pourquoi. Ce n'est qu'au moment de s'endormir
qu'il s'était avisé de trouver dans le souvenir de ce
portrait une ressemblance frappante avec mademoiselle de Germandre. Lorsqu'il rentra dans la galerie,
éclairée par le soleil du matin, il arrêta au passage
le majordome, qui allait relever Labrèche de sa faction.

— Veuillez m'apprendre, lui dit-il, quel est l'original de cette peinture.

— Eh! monsieur le comte, répondit M. Guillot,
c'est celui de très-haute et très-puissante dame Corisande de Montluçon, marquise de Germandre, mère
de feu M. le marquis Symphorien et de feu M. le
comte Jules, votre grand-père.

— Ah! mon arrière-grand'mère par conséquent, et la grand'mère de mademoiselle Corisande de Germandre que nous avons vue hier ici?

— Précisément, monsieur. Il faut convenir que les positions ne se ressemblent guère, et que, sous le costume villageois de cette pauvre demoiselle, on ne reconnaîtrait guère la descendante...

— Bien, bien! dit Octave. Je vous remercie, ne vous dérangez pas davantage.

Et il resta seul dix minutes au moins à contempler le tableau, qui était fort beau comme peinture et intéressant comme type. C'était celui d'une grande femme mince, à figure délicate, à la fois sérieuse et douce. Elle était richement et sévèrement vêtue d'une étoffe foncée toute garnie de nœuds grenat et de dentelles d'or ; ses bras et son cou étaient chargés de perles et de rubis. Malgré le contraste de cette toilette princière et du costume de toile et d'étamine de la demoiselle de campagne, la ressemblance était réelle, saisissante et marquée jusque dans des détails particuliers. Les mains, fort belles, étaient un peu grandes, les cheveux noirs et abondants, le

teint brun, l'œil très-doux, les épaules un peu
hautes, les coudes un peu serrés au corps. Il semblait qu'elle allait agir et marcher avec cette gaucherie mêlée de grâce qui caractérisait son homonyme.

Octave mit tant d'intérêt à constater cette ressemblance, qu'il regrettait de n'avoir pas interrogé le
majordome sur le caractère et les habitudes de la
personne représentée, lorsque l'abbé, qui ne dormait pas et qui, de sa chambre, le voyait planté là,
vint à lui d'un air souriant, à seules fins de savoir si,
lui aussi, avait l'intention de guetter quelque chose
ou d'interroger quelqu'un de la maison.

L'abbé vit bien que le jeune militaire ne songeait
qu'au portrait de l'aïeule et ne demanda pas mieux
que de le détourner, par sa causerie, de toute autre
préoccupation.

— Si j'ai connu ma mère? lui dit-il. Mais oui
certes! Je n'ai pas été traqué et caché comme vous
dans mon jeune âge, et j'avais déjà dix-huit ans
quand cette admirable femme est morte.

— Elle était admirable de caractère? dit Octave.

— Oui, de caractère, d'intelligence et de bonté.

Elle n'était pas ce qu'on peut appeler une femme du monde ; car, élevée à la campagne par une vieille tante dévote qui ne s'occupait que de patenôtres, elle savait tout au plus lire et écrire quand mon père l'épousa. Elle était fort riche ; mais l'avarice ou la négligence de sa tante l'avait tenue sur un pied si médiocre, qu'elle ne savait porter ni mules ni paniers, et que, le jour de son mariage, elle étonna, dit-on, tout le monde par sa gaucherie en même temps qu'elle blessa quelques sots par son franc parler. On s'en vengea par des lazzi. On prétendit que le marquis de Germandre avait épousé une riche dindonnière pour arrondir ses terres ; mais il fallut bien vite en rappeler, car la jeune marquise prit le dessus par sa raison, sa sagesse et le charme de son esprit naturel. Les femmes apprennent vite à se requinquer, et vous voyez par cette peinture que votre aïeule savait s'habiller avec goût, à la mode de son temps. Vous devez voir aussi à sa physionomie, très-bien rendue par le peintre, et qui me la retrace même dans son âge mûr, qu'elle n'avait pourtant rien d'une personne frivole. C'était un esprit très-

posé, et même très-profond, bien qu'elle n'eût pas
reçu d'instruction et qu'elle n'eût jamais beaucoup
songé à en acquérir. Mais, n'ayant pas d'idées
fausses, elle comprenait tout et s'intéressait à tout.
Elle excellait dans la gouverne de sa maison et dans
l'ordonnance des soins domestiques. Enfin elle était
très-aimable et très-aimée, et tous ceux qui l'ont
fréquentée ont reconnu en elle une personne de
grand mérite. Je l'ai douloureusement regrettée;
car, si elle eût vécu, mon père, contre la sévérité
duquel sa tendresse me protégeait, ne se fût peut-
être pas obstiné à me faire embrasser l'état ecclé-
siastique, qui ne convenait ni à mes goûts ni à mes
idées.

Ayant terminé l'éloge de sa mère par une consi-
dération toute d'intérêt personnel, l'abbé, rassuré
sur les dispositions d'esprit du capitaine, retourna
prendre quelques heures de repos après une nuit
trop agitée pour ses habitudes. Octave rêva encore
devant le portrait, et, un instant après, partit au
grand trot de son coursier rapide, sans trop savoir
quelle direction il voulait prendre.

Hortense était déjà loin ; elle avait appris, en s'informant, que la chapelle de Sainte-Denise était d'une ascension un peu pénible, et le majordome avait vite commandé la voiture afin qu'elle ne fût pas fatiguée en arrivant au pied de la montagne. Les montagnes du Bourbonnais ne sont que des collines, souvent arides, souvent charmantes, et quelquefois assez escarpées pour les petits pieds d'une femme élégante. Les chevaux du défunt étaient vigoureux. Ne sortant jamais que dans son parc et dans les bois voisins, il ne les avait pas laissés fatigués.

En se voyant emportée si rapidement sur une belle route, Hortense se demanda s'il ne lui serait pas possible d'aller jusqu'à la chaumière du chevalier, et, sans s'être décidée à rien, elle interrogea Labrèche, qui, pour se rafraîchir de sa faction nocturne, et pour se donner l'importance d'un *cicerone*, s'était placé sur le siége auprès du cocher.

— N'est-ce pas quelque part par ici, lui dit-elle, que demeure mademoiselle de Germandre, sœur de M. le chevalier?

— Nous sommes bien sur la route, répondit

Labrèche, mais très-loin, madame la comtesse; cependant, avec les chevaux que voici, en trois heures...

— Et trois heures pour revenir!... dit Hortense;
non! ce sera pour un autre jour!

En moins d'un quart d'heure, madame de Sévigny
se trouva au pied du rocher qui dominait l'ermitage;
mais, au moment où elle descendait de voiture, elle
éprouva une surprise qui lui fit oublier d'examiner
le site agreste et la beauté du torrent. Un homme
de la campagne se présentait pour lui offrir la main,
et cet homme, qui se sentait lui-même tout aussi
étonné qu'elle, n'était autre que le chevalier de Germandre.

Voici ce qui était arrivé :

La veille, comme il s'en retournait chez lui, le
chevalier avait vu boiter, au départ, la vieille jument
grise qui traînait sa carriole. Voulant partir à tout
prix, il n'en avait tenu compte. Mais, au bout d'une
lieue, force avait été de s'arrêter. Ne voulant pas
abandonner le fidèle animal qui lui avait rendu tant
de services, il avait mis Corisande et les enfants dans
la rotonde d'une petite diligence qui passait à point,

et il s'était décidé à coucher dans une ferme voisine.
Au matin, la grise allait mieux; mais son maître,
voulant lui donner encore deux heures de repos,
avait pris pour but de promenade la petite chapelle
qu'il connaissait depuis longtemps, mais dont il
aimait la situation, et Hortense, ayant formé le
même projet, n'avait rien de mieux à faire que d'accepter son bras.

Il y eut pourtant une certaine hésitation de part
et d'autre avant d'en venir là. Les explications
échangées, tous deux eussent voulu se soustraire à
l'embarras de la rencontre : le chevalier, parce qu'il
se sentait violemment, follement épris sans espoir ;
Hortense, parce que, se sentant aimée, elle se voyait
exposée au tête-à-tête avec un homme dont elle ne
devait pas encourager l'amour. Mais quel prétexte
pour elle de refuser la compagnie de son pauvre
parent, et quel moyen pour lui d'échapper au devoir
de la politesse ? Il offrit maladroitement son bras,
qui fut timidement accepté. Hortense crut éloigner
le péril en chargeant Labrèche de son châle. C'était
lui ordonner de la suivre.

10

IX

La montée était si rapide, qu'on fut bientôt dispensé de toute cérémonie et même de toute conversation. Hortense, vite essoufflée et mal assurée sur les pierres croulantes, dut accepter non plus le bras, mais la main et quelquefois les deux mains du chevalier pour escalader des roches ardues, et, dans les moments de peur et de vertige, elle chercha avidement cette protection nécessaire.

De son côté, M. de Germandre, heureux et fier de son rôle, reprit son équilibre moral en cherchant à bien assurer celui de sa personne. Il paraissait physiquement assez frêle, et la nature ne l'avait pas doué de la plus riche stature; mais l'habitude du travail avait donné à ses muscles une force réelle en même temps qu'une adresse supérieure, et cet homme, qui ne savait ni marcher, ni saluer, ni s'asseoir en compagnie, maniait les plus durs outils, et enlevait les plus lourdes charges avec autant d'aisance qu'Octave maniait ses chevaux et ses armes. Madame de Sévigny, qu'en plusieurs endroits périlleux de la promenade il dut enlever ou recevoir dans ses bras, était pour lui comme une plume, et, quand elle s'élançait sur lui en tremblant, il semblait que, debout, il eût pris racine sur le bord du précipice.

Les circonstances les plus simples, les plus matérielles, si l'on peut ainsi parler, prennent quelquefois une importance singulière dans les relations, et semblent dominer, de toute l'énergie du fait naturel, les subtilités de la pensée et les délicatesses du sentiment. Hortense, arrivée au sommet de l'escarpement, n'était plus ce qu'elle était une demi-heure auparavant, en descendant de sa voiture. Ce n'était plus la femme exquise, forte de ses idées, de ses habitudes, de ses instincts. C'était une bonne petite fille qui avait eu bien peur, et qui, pour un peu, eût embrassé son cousin, comme un cher papa qui l'avait portée et sauvée. Elle avait chaud, elle était

lasse. Elle jeta son chapeau de paille sur l'herbe, et
s'y jeta elle-même, à l'ombre de la petite chapelle,
en riant de sa fatigue et en criant qu'elle donnerait
un royaume pour un verre d'eau fraîche.

Labrèche voulut courir à la source voisine; le
chevalier l'en empêcha. C'était trop tôt, madame de
Sévigny avait trop chaud pour boire cette eau glacée,
et il ne fallait pas emporter le châle au moment où
elle en avait le plus grand besoin. Et, comme Hortense se révoltait contre ces deux prescriptions,
l'homme de campagne l'enveloppa du cachemire
avec un sentiment d'autorité paternelle qui la péné-
tra comme d'un fluide pur et puissant. Il demanda
à Labrèche s'il avait apporté un verre, et, comme
c'était la première chose à laquelle ce grand esprit
n'eût point du tout pensé, il prit dans sa poche une
tasse pliante en cuir verni qu'il courut laver et remplir; puis il la laissa un peu s'échauffer au soleil
avant de la présenter à sa cousine. Quelques instants
après, il lui permit de regarder avec envie les cerises
qui brillaient comme des perles noires sur un cerisier sauvage. Labrèche s'empressa de chercher sur

la colline un autre cerisier; mais il n'y avait que
celui-là, et il avait poussé entre les roches tout au
bord de l'abîme, sur lequel il se penchait même avec
plus de grâce que de solidité. Le pauvre garçon crut
de son devoir d'en approcher, non sans crainte.
Labrèche n'était pas né brave; mais, tandis qu'Hortense lui défendait de se risquer et déclarait n'avoir
plus la moindre envie de ces fruits si bien gardés
par le vertige, le chevalier avait mis bas veste et
chapeau et grimpait à l'arbre comme un écureuil. Il
rapporta de longues branches chargées de fruits;
mais il trouva Hortense pâle, avec des larmes dans
les yeux. Il s'était mis réellement en grand péril, et
le mieux, c'est que, se fiant à son adresse et à sa
pratique, il ne s'en était pas douté. Certes, Octave
en eût fait autant, mais non sans se faire un peu
valoir, tandis que le campagnard ne comprenait
rien à l'effroi et à la reconnaissance de sa cousine.

Elle le fit asseoir près d'elle, et tous deux cueilli-
rent les cerises à la même branche. On en passa un
rameau à Labrèche, qui s'était assis à peu de distance, et qui n'osa pourtant pas se mêler de la con-

10.

versation, la figure du chevalier le tenant en respect
plus qu'aucune autre qu'il eût encore rencontrée. En
homme nourri de romans et d'aventures, Labrèche
se disait que, sous cet habit rustique, le chevalier
cachait la majesté d'un prince déguisé, et il se consolait ainsi d'avoir été, la veille, remis à sa place un
peu sèchement.

Le premier trouble d'Hortense s'était dissipé. Elle
sentait, à l'attitude et à la conversation du chevalier,
combien elle était en sûreté avec ce cœur loyal et ce
caractère modeste. Son embarras, à lui, semblait dissipé aussi. Il était redevenu maître de lui-même en
faisant acte de protection envers cette jeune femme
qu'il s'efforçait d'aimer paternellement, et le fonds
de sagesse qui luttait contre sa nature impressionnable avait repris le dessus. Il parlait avec aisance, et
il parlait bien; si bien de moment en moment, à mesure qu'un peu d'aise intellectuelle ravivait son âme,
qu'Hortense en fut surprise. Il lui paraissait instruit
plus qu'aucun homme qu'elle eût rencontré, et ce
savoir, ou du moins cette saine notion de toutes
choses, donnait à sa conversation un intérêt soutenu.

Il s'exprimait toujours avec une parfaite simplicité, mais avec des éclairs de vive intelligence assainis
et comme fortifiés par le suprême bon sens de la
vie rustique.

Hortense, qui, sans être savante, avait beaucoup
lu et comprenait tout facilement, se fit instinctivement plus enfant qu'elle n'était, afin de pouvoir le
questionner et le faire causer.

Tout en causant, ils entrèrent dans la petite chapelle, laissant Labrèche ronfler sur le gazon ni plus
ni moins qu'un simple mortel.

C'était une construction romane très-primitive et
bien conservée, comme il s'en trouve en quantité
dans le centre de la France. Hortense, qui n'avait
guère de notions archéologiques, voulut savoir sur
quels signes s'appuyait la certitude des érudits pour
préciser l'époque d'une construction de ce genre.

— Préciser absolument n'est pas toujours possible, répondit le chevalier ; mais, avec quelques
heures d'étude, vous pourriez vous-même détermi-
ner, à cinquante ou cent ans près, l'âge d'un monument quelconque sans le secours d'aucune inscription

ni d'aucun emblème. Je dis cinquante ou cent, par
la raison qu'il en est des arts comme des modes que
certaines localités conservent ou abandonnent plus
ou moins. Les époques de transition feront toujours
le désespoir ou l'erreur des archéologues qui vou-
dront trop ou trop peu fixer les dates; pourtant,
avec de la pratique et en examinant beaucoup de
monuments dont la date est historiquement certaine,
on arrive à ne pas trop douter de soi si l'on est trop
scrupuleux, et à en douter un peu si on ne l'est pas
assez. C'est comme dans toutes les choses de la
vie, n'est-ce pas, ma cousine? Il faut de la modestie, et pas trop n'en faut, ou bien l'on n'est bon à
rien.

— Vous soupirez en disant cela, répondit Hortense. C'est que votre raison vous reproche peut-être
de trop douter de vous-même.

— J'en doute fort, c'est vrai; mais vous croyez
donc que j'en doute trop?

La question était délicate de la part d'un homme
éperdument épris; mais elle était posée avec tant de
candeur et si dépourvue d'arrière-pensée, qu'Hor-

tense, qui l'avait provoquée innocemment, y répondit sans hésiter :

— Oui, mon cousin, je crois que vous êtes un homme de mérite méconnu de lui-même. Il me semble même, autant que je suis capable d'en juger, que vous êtes un homme supérieur méconnu de tout le monde, et qu'au lieu de porter patiemment une existence si austère et parfois si pénible, vous devriez avoir conquis votre véritable place dans la société.

— Ma chère cousine, reprit le chevalier, la société étant une chose factice, c'est-à-dire toute d'invention humaine, Dieu n'a marqué la place de personne un peu plus haut ou un peu plus bas sur les degrés de ce monument-là. Il a mis en chacun de nous des tendances et des facultés distinctes, en nous criant : « Marche comme tu sauras marcher. » Je me suis trouvé dans les traînards un peu contre mon gré par le fait des circonstances, un peu par ma faute parce que j'aimais à faire l'école buissonnière. J'étais né rêveur ou contemplatif. Si je vous disais ma vie, vous comprendriez...

— Dites-la-moi, oui, racontez-moi votre histoire, s'écria Hortense.

— Non, ce serait trop long!

— Un homme comme vous sait résumer.

— Eh bien!... alors, un mot résumera tout. J'ai aimé!

Hortense rougit sans savoir pourquoi, tant l'homme de campagne avait mis de tendresse et de passion dans ce mot si simple. Elle sentit en lui une force de dévouement et une ardeur peu communes, et elle se demanda si la véritable supériorité de cet homme n'était pas là tout entière.

— J'ai aimé celle qui fut ma femme, reprit-il. Je l'aimai dès l'enfance. Je lui promis d'être son mari avant de comprendre ce que c'était que l'amour et le mariage. J'ignore si je l'aimais d'amour ou d'amitié; mais l'attachement fut si fort et si vrai, que je quittai pour elle la carrière des armes, où j'eusse pu faire mon chemin comme un autre, et que je renonçai à tout autre avenir que celui qui me liait à elle. Mon père m'avait mis à même de devenir à volonté paysan ou savant. Ma fiancée était une paysanne; je

fis comme il avait fait : j'épousai la terre et la
pauvreté. L'amour, le travail et un peu d'étude
remplirent ma vie.

» Mais mon bonheur fut de courte durée : ma compagne mourut jeune en donnant le jour à Marguerite. J'avais déjà perdu mes parents; les siens restaient à ma charge. J'avais une toute jeune sœur et
deux enfants, aucun capital pour entreprendre quoi
que ce fût, une famille paternelle exilée, dispersée,
qui ne me connaissait même pas et qui ne pouvait
sans doute rien pour moi; un nom qui, à cette
époque-là, était encore un inconvénient et un danger plus qu'une recommandation; en outre, un caractère sans présomption et des devoirs pressants
qu'il fallait remplir au jour le jour sans s'amuser à
la réflexion. Je sentais bien que je manquais d'usage
et de dehors heureux ou brillants. Je me rattelai à
ma charrue, je fis mes délices de mes enfants, ma
distraction de quelques bouquins et ma consolation
du témoignage de ma conscience.

» Je sais bien qu'il eût fallu être plus habile que
cela, savoir solliciter et obtenir un emploi, com-

prendre quelque chose à la spéculation. L'honnêteté
est dans l'occasion un capital qui creuse sa place
dans les affaires; mais il faut savoir se faire apprécier, et voilà où j'ai été véritablement incapable.
Comme ce ne fut pas ma faute, je ne peux pas m'en
faire un reproche; mais j'en suis tout de même un
peu honteux, comme on l'est d'une infirmité. Je
sens bien qu'on doit se dire en me voyant si pauvre :
« Pourquoi cet homme, si bien apparenté, et qui,
en somme, a été bien élevé par un père distingué,
n'a-t-il pas su faire une meilleure figure dans le
monde? » Quelques-uns doivent me croire paresseux
ou indolent, — ou trop fier et ridiculement susceptible... — ou idiot de nature — que sais-je? Ils ont
toujours tort, ceux que disgracie la fortune! Si je
souffre parfois de l'idée qu'on peut se faire de moi,
c'est à cause de mon fils. Je crains qu'il ne soit fatalement entraîné par ma position à suivre la même
voie, c'est-à-dire un pauvre petit sentier bien pur de
souillure et dégagé d'épines, mais bien caché, bien
perdu, bien effacé dans la solitude. Et, si cet enfant
avait, comme vous le disiez pour ma fille, des goûts

au-dessus de sa condition!... Je vous ai bien dit, et
je crois bien toujours qu'il en sortira si bon lui semble, c'est-à-dire s'il se sent plus hardi que moi dans
le monde. Aussi j'ai toujours travaillé à le préserver
de mon défaut, et, jusqu'à présent, il n'y semble
pas porté ; mais, quoi qu'il arrive de lui, je ne lui
serai d'aucun appui et d'aucun secours, à moins qu'il
ne se voue à la culture de la terre.

» Il y a des moments où je m'effraye de l'avoir
enveloppé dans la fatalité qui pèse sur moi. Il y en
a d'autres où je me persuade que je lui ai préparé
le sort le plus heureux. N'êtes-vous pas de mon
avis, ma cousine, que le nouvel état de choses va
produire en France, au milieu de grandes améliora-
tions générales, des malheurs particuliers très-sé-
rieux? Je veux parler du déclassement dans les
familles. Il n'est plus de mode que les enfants sui-
vent la condition de leurs parents. Un paysan veut
que son fils soit clerc de notaire, ou vicaire de paroisse, ou perruquier, ou toute autre chose, pourvu
qu'il ne soit pas paysan. Si ce n'est pas la famille qui
veut déclasser l'individu, c'est l'individu qui veut

11

rompre avec les habitudes et les traditions de la famille. Chacun prétend avoir une *individualité*, mot nouveau créé pour les besoins d'une société nouvelle. Je ne blâme ni le mot ni la chose : c'est un élan vers la liberté personnelle que j'aime et que je respecte; mais, par le fait, ceci menace d'aller trop vite et de briser trop brusquement les liens domestiques. Chacun a souffert dans cet orage effrayant de la Révolution, chacun souffre encore et s'en prend à sa destinée particulière. Chacun veut soustraire ses enfants aux peines qu'il a endurées, et, tous les jours, depuis le sabotier de village jusqu'au riche fonctionnaire, on entend dire : « Je ne veux pas que mes fils soient misérables ou asservis comme je l'ai été. » Il n'est pas d'artisan qui ne crie après son gagne-pain et qui ne se plaigne d'avoir ce qu'il appelle un mauvais état. Enfin, le rêve est de changer pour parvenir, et c'est un rêve dangereux. Il n'y a pas tant de vocations particulières qu'on veut bien le dire.

» Le mieux pour l'homme civilisé serait d'être propre à tout, parce que tout est matière à développe-

ment pour l'esprit sage qui va droit. La société,
quelque bien réglée qu'elle puisse être, quand elle
aura atteint le milieu ou la fin du siècle où nous en-
trons, sera encore un champ clos pour la lutte des
intelligences, et, dans mille ans comme aujourd'hui,
les meilleurs soutiens et les meilleurs conseils d'un
jeune homme seront une bonne mère et un père
actif et sage. Or, je vous le demande, est-il probable
que ce jeune homme gagnera sous une tutelle étran-
gère? Si mon voisin le percepteur veut faire de son
fils un musicien ou un peintre, de quel secours lui
sera-t-il dans une carrière où il n'a aucune relation
établie, aucune confraternité à invoquer? Au lieu de
le lancer dans ce monde inconnu où l'abandon, les
obstacles et les dégoûts risquent de l'écraser dès les
premiers pas, ne ferait-il pas mieux de lui enseigner
à aligner des chiffres et de le rendre propre à lui
succéder dans l'administration où il pourra surveiller
ses débuts, redresser ses premières erreurs, et lui
assurer l'appui et le bon vouloir des fonctionnaires
dont lui-même a conquis l'estime au prix de tant
d'épreuves et de persévérance? Eh quoi! le travail

et le mérite de toute sa vie ne serviront de rien pour
ses enfants, et il s'imagine de leur trouver ailleurs
de plus sûres protections et de meilleurs enseigne-
ments? C'est une folie! Croyez-moi, ma cousine, le
milieu où l'on a travaillé, souffert et mérité est
encore le meilleur milieu pour ceux qui doivent
recueillir notre héritage. Tous les états sont mauvais
si l'on entend par mauvais ce qui donne de la peine
et réclame de la patience. Croire que, de l'autre côté
du mur, il y a un paradis, un jardin de roses sans
dard, voilà une folle et fâcheuse illusion! Gêner
d'une manière absolue et systématique les véritables
instincts des enfants est sans doute un crime ; mais
c'en est un non moins grand que de se plaindre
devant eux de la fatigue, et de leur inculquer des
besoins de repos et de bien-être que rien ne pourra
jamais satisfaire.

» Donc, si les miens veulent absolument, et en
raison de facultés bien évidentes, tenter la grande
aventure du déclassement, il faudra bien que je m'y
résigne ; mais, ne pouvant leur ouvrir la voie et ne
sachant ni les diriger ni les couvrir de ma responsa-

bilité sur cette pente inconnue, je serai bien inquiet,
bien effrayé, bien à plaindre! Voilà pourquoi, bonne
cousine, je vous ai refusé ma fille.

— Oui, je le comprends, répondit Hortense, frappée du grand sens de M. de Germandre, et je n'ose
plus vous la demander; mais il me reste, de tout
ce que vous venez de me dire de bon et de vrai,
une tristesse profonde que je ne peux ni vaincre ni
expliquer.

— Je vous l'expliquerai, moi, repartit l'homme de
campagne avec une vive sagacité; vous vous dites
intérieurement que je suis moi-même un exemple
malheureux de la fatalité du déclassement. Vous
savez bien que je n'ai pas choisi ma destinée; mais
vous croyez qu'en retournant à la condition des
oisifs, mes enfants reprendraient leur véritable place
dans le monde. N'est-ce pas, cousine, c'est cela que
vous pensez?

— Précisément, mon cher cousin!

Hortense, sans y songer, prononça ce mot de *cher
cousin* avec tant de douceur et de suavité, que le
chevalier, ému, perdit le calme nécessaire à son rai-

sonnement, et, parlant tout à coup sans trop savoir
où il en voulait venir :

— Je pourrais, dit-il, vous répondre... Je vous
répondrais mille choses... Mais je vous ennuierais!

— Non, non! dites, reprit Hortense; consolez-moi
ou rassurez-moi sur votre compte.

— Hélas! répondit le chevalier encore plus troublé, mes arguments sont faibles et partent peut-être
d'une âme abattue. Si j'étais mieux disposé... moins
timide, moins éteint par la solitude, je ne vous pa-
raîtrais pas si chétif et si fort à plaindre!...

— Ah! mon Dieu! s'écria Hortense, ma sollicitude
vous humilie?

— Non, non! Ne croyez pas cela, dit M. de Germandre, dont les yeux s'humectèrent légèrement;
votre pitié m'est douce, elle me fait du bien! songez
donc, il y a si longtemps qu'une femme aimée...
une femme aimable, je veux dire, ne s'est intéressée
à moi!

— Votre sœur est un ange, reprit Hortense en
rougissant.

— Oui, certes, un ange, une sainte fille, au moins;

mais elle est si forte, qu'elle se trouve véritablement heureuse, elle !

— Et elle ne suppose pas que vous ne soyez pas heureux aussi ?

— Mais... je le suis ! je suis très-heureux !

Et, en disant cela, le pauvre campagnard, le généreux déclassé, l'homme d'intelligence et de libéralité réduit à une vie parcimonieuse et sans essor, laissa couler, sur ses joues brûlées du soleil, des larmes qu'il ne pouvait plus retenir.

Hortense se détourna pour cacher les siennes. Elle était partagée entre la pitié tendre et la crainte de provoquer trop d'attendrissement chez l'objet de sa pitié. Mais le coup était porté malgré elle, et le chevalier ne se gouvernait plus aussi vaillamment. Plus il essayait de conjurer le danger de son expansion, plus il se sentait envahi.

— Tenez, dit-il en s'efforçant de sourire, vous allez croire que je suis un cœur lâche ! c'était pourtant bien assez d'être un esprit sans ressources et un caractère sans initiative ! « Il s'attendrit sur son sort, allez-vous dire ; il fait le brave, le fier, le philosophe, et ce n'est qu'un pauvre diable qui fait contre mauvaise fortune bon cœur. » Eh bien!... il y a peut-être quelque chose comme cela... mais ce n'est peut-être pas ce que vous croyez! Mon Dieu! coucher sur la dure, boire du mauvais cidre, porter des habits rapiécés, mal manger, être las tous les soirs et tomber de sommeil sur un livre qu'on voudrait achever... tout cela, ce n'est pas grand'chose pour un homme! Il y a d'autres peines, des troubles plus profonds, des renoncements plus amers... Je me dis quelquefois : « Si mon fils, car c'est de mes enfants que nous parlons, c'est en songeant à eux que je doute et faiblis... si mon pauvre Lucien, devenu un homme, se prenait d'amour pour une femme charmante, bonne, sensible, pleine de séduction... du même rang que lui, mais élevée dans le monde, trop élégante et trop riche pour lui... »

—Cela n'arrivera pas, dit Hortense interrompant le chevalier; Lucien fera comme votre père et comme vous-même : il aimera une fille de campagne charmante, sage et simple comme votre mère, comme votre sœur et comme la compagne que vous pleurez.

— C'est ce que je demande à Dieu pour lui, dit le chevalier ramené à lui-même par ce qu'il prit pour une leçon et sans s'apercevoir le moins du monde que c'était le cri involontaire d'une jalousie rétrospective.

Dès ce moment, il redevint fort et calme en apparence, et il se mit à parler archéologie pour changer de conversation. Il expliqua à madame de Sévigny une inscription latine dont un fragment à peine lisible apparaissait sur une pierre encastrée dans la muraille, et qui prouvait que la chapelle de Sainte-Denise avait été bâtie sur les ruines d'une chapelle dédiée à Dionys ou Dionysius, le dieu antique apporté dans les Gaules par la conquête romaine.

Hortense s'étonna de lui voir déchiffrer cette inscription tracée en abrégé, et restituer non-seulement les lettres retranchées, mais les mots entièrement détruits.

— Où donc avez-vous appris tout ce que vous savez? lui dit-elle.

— Oh ! ceci n'est rien, répliqua le chevalier en riant de lui-même avec bonhomie ; j'en sais bien d'autres !

11.

je suis une espèce de savant, moi, sans en avoir la
mine! C'est un ridicule de plus que j'abandonne à la
moquerie. Imaginez-vous que, vivant aux champs,
où j'eusse dû, tout naturellement, m'occuper de bo-
tanique ou d'entomologie, d'une branche quelconque de l'histoire naturelle qui m'eût servi en agri-
culture, et dont les matériaux se trouvaient à foison
sous ma main, je m'en suis allé donner tête baissée
dans des études qui ne pouvaient profiter en aucune
façon aux autres ni à moi-même dans la situation
où je me trouvais. En cela, je suis bien le neveu de
ce pauvre marquis, lequel, s'ennuyant d'être grand
seigneur, s'était fait serrurier, et c'est pour cela
aussi que je ne le traite pas de fou comme tant
d'autres. Si vous y réfléchissez un peu, ma cousine,
vous verrez que ce travers est dans l'esprit humain
plus logique qu'il ne semble. Imaginez-vous que
vous viviez au milieu des fleurs sauvages, des fruits
de la terre et de toutes les productions de la nature;
que vous soyez née dans un sillon ; que vous con-
naissiez, dès l'enfance, les habitudes et les mœurs
de tout ce qui grouille dans le chaume et dans le

buisson, depuis le lièvre qui se tapit dans les grands blés jusqu'au petit insecte qui développe toute son existence sur une feuille imperceptible; eh bien, à force de voir et de savoir l'histoire de ce monde-là, vous sentiriez le besoin de connaitre quelque chose de tout opposé. Votre imagination se porterait vers quelque antithèse bien tranchée, et, s'élançant bien loin du milieu assigné à son développement, elle voudrait s'emparer de quelque autre monde inconnu, fantasque, hétéroclite.

» C'est ainsi que, dès mon jeune âge, avide comme tous les enfants de ce qui n'était pas à ma portée, j'ai fait mon rêve d'acquérir des connaissances qui m'arracheraient aux vulgaires habitudes de ma destinée.

» Mon père avait ces connaissances et possédait quelques ouvrages obscurs, incomplets, arides, que je le voyais consulter rarement, mais toujours avec une grande contention d'esprit. Parfois, au milieu de notre heureuse vie de famille, je le voyais devenir préoccupé et comme assombri. Il semblait combattre une anxiété secrète et ne pouvoir s'en distraire; elle arrivait à le dominer, et alors il ouvrait ses livres, s'y plongeait une heure ou deux, souriait et reprenait son calme olympien, sa figure radieuse et vraiment royale sous sa couronne de cheveux gris retenue par un bonnet de laine bleue.

» Il était beau, mon père, il était bon, grave et doux. Peu à peu, j'obtins la confidence de sa préoccupation passagère.

» — J'ai appris avec mon frère aîné, me dit-il, et même j'ai su mieux que lui des choses qui me sont aujourd'hui complétement inutiles, et que je voudrais oublier, puisqu'elles ne servent qu'à obséder parfois ma mémoire. Mais, par une contradiction d'esprit dont je ne suis pas toujours le maître, ces choses me reviennent, me sollicitent, me tourmentent. On dirait qu'une science acquise par un homme qui n'en veut plus s'obstine à ne pas être oubliée. C'est pourquoi je lui cède de temps en temps. Je repasse mes livres, et, m'étant assuré que je sais toujours ce que je savais, je redeviens tranquille et reprends avec plaisir mes travaux et mes devoirs ordinaires.

» Quelle était donc cette science jalouse à laquelle mon père, devenu laboureur, semblait fatalement enchaîné? Ma jeune tête fit là-dessus les commentaires les plus fantastiques.

X

— Dès ce moment, continua le chevalier, je n'eus plus qu'une ambition, qui était d'apprendre ce que savait mon père. Il voulut m'en détourner, disant que cela me serait superflu et que j'avais à acquérir des connaissances d'un intérêt et d'une application plus directs. Mais je vainquis sa prudence ; et, comme je montrais une certaine facilité, il prit plaisir à m'enseigner. Un vieux bénédictin sécularisé, qui vivait près de nous à la campagne, me légua sa bibliothèque et sa collection ; et, quand je revins de l'armée, je pus, à mes moments perdus, faire quelques progrès. Vous voyez que mon savoir est une espèce de manie, et qu'il faut me le pardonner. Chacun n'a-t-il pas la sienne?

— Mais vous ne me dites pas quelle est cette manie, reprit Hortense; de quelle science vous occupez-vous donc spécialement? Serait-ce la mécanique, par hasard? et ne seriez-vous pas adroitement choisi par notre oncle pour triompher dans l'épreuve du sphinx?

— Non, ma cousine. Je ne me suis jamais occupé de mécanique; mon oncle n'avait pas cette fantaisie dans le temps où mon père travaillait avec lui; mon père n'eût donc pu me donner aucune notion à cet égard. Voilà pourquoi je ne tenterai pas l'épreuve du sphinx. La science qui a charmé mes rares loisirs est bien plus oiseuse et plus absurde : je suis numismate!

— Qu'est-ce que cela? dit Hortense. N'est-ce pas la science des monnaies?

— Précisément, ma cousine. Vous savez tout!

— Je sais seulement, ou plutôt je devine que, pour être numismate, il faut connaître à fond beaucoup de choses sérieuses : l'histoire d'abord, puis les langues anciennes, l'archéologie... je ne sais quoi encore !

—Oui, un peu de tout cela. C'est amusant, mais ça prend bien du temps qui serait mieux employé, dit-on, à faire fortune. Que voulez-vous ! quand on ne sait pas s'enrichir ! Vous voyez, c'est la science du passé, la science de la mort, que j'ai prise pour antithèse de la culture de mon coin de terre, où mieux vaudrait appliquer la science de la vie ! Je suis un homme mal doué qui fait les choses à contre-sens et à contre-temps ! Ma vie, à moi, finira sans avoir commencé. Ah ! tenez, ma chère madame, votre cousin de campagne est un pauvre sire !

— Je ne trouve pas, moi ! répondit naïvement Hortense en lui tendant la main. Mais voici le soleil qui monte, et ma mère m'attend pour déjeuner. Vous-même, on vous attend chez vous...

— Ah ! oui, oui, c'est vrai ! s'écria le chevalier, qui devint pâle et dont les yeux animés s'éteignirent tout à coup.

Et sa voix s'éteignit aussi ; il ne sut pas trouver un mot pour exprimer le déchirement de son cœur en

présence de l'éternel adieu qui venait de le surprendre. Il aida Hortense à redescendre le sentier,
et, jusqu'au bas de la colline, il ne put rompre le
silence désespéré qui l'oppressait.

Hortense s'était juré de ne pas le revoir; car elle
avait senti en lui une force de persuasion irrésistible,
la force d'un amour vrai, que tout traduisait élo-
quemment, même le silence. Elle devinait, à l'agitation de son propre cœur, que, si cet homme sincère
et passionné s'enhardissait jamais jusqu'à lui dire :
« Je vous aime! » elle serait forcée de l'aimer, et,
par une étrange invasion de sentiment, cet homme,
qui, la veille, avait tant tremblé devant elle, arrivait
à lui causer une peur extraordinaire. Mais, au moment de le quitter, elle ne put supporter la douleur
qu'elle vit sur son visage. Il était nerveux, anguleux,
effaré. Il faillit se faire écraser par les roues de la
voiture quand les chevaux partirent. Il n'avait pas
encore desserré les dents, il voulait ne plus rien
dire. Il cria : « Adieu! » malgré lui, et, dans cet *adieu*,
il y avait une souffrance inexprimable, un désordre
de l'âme qui n'a pas de nom.

Hortense n'y put tenir. Elle se pencha à la portière et lui cria à son tour :

— Non ! pas adieu ! A demain ! venez demain ! je le veux !

Elle eût eu mille bonnes raisons, en causant avec lui, pour l'engager à tenter l'épreuve du lendemain, et cette sollicitude ne l'eût pas trahie. Elle s'en était abstenue par excès de prudence, et, maintenant, son secret lui échappait sous forme de supplication impérative.

— Ah ! je suis folle ! s'écria-t-elle en couvrant de son mouchoir sa figure baignée de larmes ; je ne sais plus ce que je fais !

Le chevalier ne pouvait plus la voir. Il suivait d'un œil morne la voiture, qui s'éloignait avec une rapidité effroyable. Il avait le vertige, il se répétait machinalement les dernières paroles d'Hortense, il ne les comprenait pas. Tout à coup une lueur de raison éclaira sa folie. Il ne se dit pas : « Elle m'aime ; » il n'eût jamais osé se le dire ; mais il murmura :

— Pas adieu, non ! pas adieu !

Il prit sa course et franchit un sentier qui, à travers les blés, coupait la route à angle droit.

Les blés étaient bientôt mûrs, on allait commencer la moisson; mais les clôtures d'épine sèche étaient encore debout, et l'homme de campagne les traversa en les renversant comme un sanglier poursuivi. Il arriva avant la voiture, il escalada une haute barrière, il sauta sur la route. Mais, là, il redevint honteux, et, voyant arriver l'équipage, il se rejeta précipitamment dans le buisson pour n'être pas vu. Labrèche ne le vit pas; mais Hortense l'aperçut, moins bien caché qu'il ne se flattait de l'être. Elle vit ses yeux ardents, sa poitrine haletante. Elle détourna la tête et sentit qu'elle l'aimait. Ce maladroit qui faisait mal à propos toutes choses, qui courait après elle comme un fou et se cachait vite comme un niais, perdant ainsi le fruit de sa peine, avait pourtant obtenu ce qu'il ne savait pas demander et ce qu'il ne voulait même pas espérer. Sa passion était partagée.

— Eh bien, pourquoi ne l'aimerais-je pas? se disait madame de Sévigny en s'éloignant. Est-il un homme meilleur, plus instruit, plus éloquent, plus naïf, plus pur et plus honorable? Qui donc m'en blâmerait? et qui m'empêcherait d'être sa femme?

Elle pensa à sa mère, qu'un pareil choix mettrait au désespoir, et elle eut raison d'y penser; mais elle pensa aussi à Octave, qui l'accablerait de son ironie, et elle eut tort de faire entrer la crainte du ridicule dans ses appréhensions.

Elle souffrit amèrement de cette perplexité et rentra au manoir de Germandre sans avoir pris aucune résolution.

— Je suis lâche, se disait-elle, et pourtant j'aime, je le sens bien, quoique ce soit pour la première fois de ma vie. Oh! mais c'est une angoisse! c'est un supplice! et il y a de quoi mourir!

— Qu'avez-vous donc? lui dit la baronne en la voyant pâlir au moment de se mettre à table.

— Le soleil m'a brûlé la tête, répondit la jeune femme, qui sentait la sueur se glacer à la racine de ses cheveux.

— Quel soleil? s'écria la baronne alarmée; comment s'appelle-t-il? qu'est-ce qu'il vous a dit?

Mais sa fille ne pouvait lui répondre; elle eut une défaillance et il fallut l'emporter dans sa chambre.

Heureusement, Octave n'était pas là. Il avait fait trois ou quatre lieues à l'heure sur son léger andalou, élégante et solide bête à la croupe avalée et au nez busqué, type qui ne serait guère de mode aujourd'hui, mais qui plaisait alors comme un trophée de victoire. A cette époque-là, un officier français se fût déshonoré s'il eût trotté en s'enlevant sur ses étriers. Il laissait à quelques *pékins* anglomanes du bois de Boulogne cette façon disgracieuse mais commode de couper l'allure allongée du cheval anglais. Nos jolies races indigènes n'étaient pas encore effacées par le type banal qui a tout envahi depuis; mais l'espagnol était en grande vogue, et le suprême bon genre militaire était un cheval entier navarin ou andalou, d'un noir luisant, souple au galop comme un arc, et un peu encapuchonné, c'est-à-dire attirant le mors jusque sur sa poitrine d'ébène, qu'il baignait d'une blanche écume.

Où courait ainsi notre brillant capitaine? Le savait-il lui-même? Il avait bien cédé à la fantaisie d'aller rôder autour de la chaumière de Corisande ; mais, à mesure qu'il s'informait en route, il apprenait que son pays était si loin, si loin, qu'aucun hasard ne pourrait être invoqué pour expliquer le but d'une pareille course.

Et pourtant il avançait toujours, se disant que rien ne coûtait d'avancer encore un peu. Si bien qu'au bout de neuf lieues de pays, il vit une grosse tour qu'il s'était fait décrire par les gens du voisinage, et qu'il reconnut à son toit de tuiles, rustiquement posé en biais sur le cylindre tronqué de la muraille circulaire. Il n'était plus question de créneaux ni d'échauguettes, le temps en avait fait justice, ainsi que de tous les ouvrages adjacents, et le chevalier, n'ayant pas le moyen de relever ces vestiges féodaux, avait fait mettre une couverture de hangar sur son donjon, consacré désormais à serrer ses fagots. Un grande pièce encore intacte au premier étage servait à engranger sa récolte de pommes de terre, aliment encore assez nouveau dans les campagnes du Centre, et que, plus économe ou plus avancé que ses voisins, il ne rougissait pas de manger. Le bas du donjon, divisé par des planches, servait d'étable et de poulailler.

Au pied de la tour encore assez élevée, rampait la maison des pauvres Germandre. Un rez-de-chaussée du xvᵉ siècle, reste de l'ancien logis, était écrasé par un long toit de chaume, tout doré d'orpins et de chélidoines, et dont une vigne aux longs bras rompait inégalement la ligne monotone. De grands noyers cachaient les humbles celliers et la bergerie, à peine élevée de quelques pieds au-dessus du sol. Un frais grouillement de cascatelles arrivait jusqu'aux oreilles du voyageur; mais l'eau se dérobait mystérieusement à ses regards sous une épaisse végétation.

Octave mit pied à terre, ordonna à son chasseur d'aller chercher aux environs une écurie quelconque pour ses chevaux, et s'enfonça dans un chemin humide, encaissé par des clôtures revêtues de haies vives, si bien que, croyant marcher vers l'habitation, il s'en éloigna insensiblement et se trouva tout au fond du vallon, au bord des eaux courantes.

Cette localité est située en Berry, non loin des

limites de la Creuse et de l'Allier. Elle est peu connue des promeneurs, et pourtant elle n'est guère
éloignée de la Châtre et de Sainte-Sévère, et ceux
qui dépassent le village et le manoir de Briantes (ancienne demeure des Boisdoré) s'arrêtent presque
toujours à la fontaine des Fougères, sans se douter
qu'à deux pas de là ils découvriraient un des plus
jolis endroits du pays.

En effet, aussitôt qu'on a atteint le hameau et la
tour maintenant ruinée qui servait de grange au chevalier, le terrain s'abaisse brusquement, se nivelle
sous le passage d'un ruisselet très-clair et très-agile,
et s'abaisse de nouveau jusqu'au lit de la rivière,
où, après l'avoir dominée parallèlement de son lit
plus élevé, le ruisseau se jette ou plutôt se glisse
d'une façon espiègle, en passant à travers de grosses
pierres et en immergeant, faute d'un lit mieux
creusé, le coin d'une prairie dont il couche à plat les
grandes herbes mêlées de joncs.

Un moulin, aujourd'hui neuf et bien bâti, alors
très-pauvre et très-bas, profite de ce joyeux ruisseau.
Là, on entre dans un vaste jardin anglais que les

hasards du terrain et les besoins de la culture ont
créé sans en avoir conscience. De longues prairies
en pente douce encadrent la rivière, qui semble
vouloir se cacher sous des rideaux d'arbres et de
buissons, mais qui, par moments, découvre, comme
malgré elle, son miroir immobile retenu par une
écluse et ses trois ou quatre déversoirs inclinés où
l'eau se presse, bouillonne et se donne des airs de
torrent. C'est après les pluies de mai ou après les
orages de l'été que ces petits bras de l'Indre, échap-
pés d'un vaste réservoir mystérieusement ombragé
qui retient longtemps les eaux endormies, coulent
tout d'un coup à pleins bords et remplissent d'un
bruit argentin la silencieuse oasis.

Octave s'étonna de cet aspect imprévu que prenait le pays au sortir d'une lande aride. Le ruisseau
qui bruissait gaiement sur la petite chaussée ver-
doyante, s'échappant en nappes légères des berges
çà et là ébréchées, les ilots étroits et allongés qui
séparaient les bras de la rivière, une quantité d'au-
nes, de trembles et d'ormeaux, des plantes sauvages
qui baignaient avec volupté leurs racines délicates

dans le sable humide; plus loin, un bois épais en
partie inondé, de petits lacs sans profondeur où
tremblait le panache des graminées; pas d'horizon,
partout des arbres, du pâturage jusqu'aux genoux,
un revers de colline hérissé de quelques blocs de
grès et planté sans art de massifs d'une grâce infi-
nie, un véritable bocage d'opéra venu à point sans
qu'aucun faiseur s'en fût mêlé; un grand air de
mystère et d'abandon, de recueillement et de rêverie,
tel était le domaine du chevalier de Germandre,
sanctuaire réellement approprié au mélange de force
et de langueur, de résignation apathique et de
volonté fière qui le caractérisait.

Ces recoins ignorés, qu'un pli de terrain ou un
dôme de verdure cachent quelquefois pendant des
années aux explorateurs de la nature, ont de grands
charmes pour ceux qui les découvrent, conquête
précieuse et fugitive comme toutes les beautés qui
ne se dérobent pas aux outrages dans des retraites
inaccessibles. Il suffit d'un propriétaire qui a besoin
d'argent ou d'un acquéreur sans goût pour que ces
belles végétations disparaissent sous la cognée, et,

12

avec les grands ombrages, les eaux pures, les grands
réservoirs lentement remplis, la moite fraîcheur de
l'atmosphère immobile, les plantes rares d'une localité, trouvaille et ivresse des botanistes. J'ai cueilli
là la *balsamine impatiente,* qu'il faudrait faire bien
du chemin pour trouver plus loin, la *circé parisienne*
qui se refuse souvent aux recherches, et, sur les
pentes de la colline, d'autres plantes que la charrue
chasse chaque jour de ses défrichements et tend à
faire disparaître : le genêt sagitté, le buplèvre à
feuilles en faux et les hélianthèmes à corolle dorée.
Sur le ruisseau, j'ai vu les gigantesques eupatoires
dont les beaux parasols lilas étaient rehaussés par
les insectes d'azur et d'argent qui pleuvent du feuillage des saules. Le long des tiges de la saponaria
aux fleurs couleur de chair grimpaient les spirées
charmantes, et les larges liserons blancs s'enroulaient
sur les épis pourprés de la salicaire. Dans les flaques
sans écoulement sommeillaient des espèces aux
mœurs indolentes et quelques individus de cette
famille si poétiquement nommée *hydrocharis (beauté
des eaux).* Quelle vigueur de croissance, quelle fureur

d'épanouissement, quels sauvages parfums, quelle
liberté d'allures, quelles grâces imprévues dans la
flore d'un petit coin de terre respecté ou épargné
par hasard ! Et comme toute la terre serait belle et
fleurie, ô mon Dieu, si l'homme et les troupeaux
n'existaient pas ! Les fleurs paresseuses, les petits
oiseaux fureteurs et les insectes diligents feraient
encore assez bon ménage, puisqu'en transportant sur
leurs ailes et sur leurs pattes la poussière des éta-
mines, les mouches et les oiselets sont de grands
agents de fécondation et sèment autant qu'ils récol-
tent. Mais la chèvre impitoyable et fantasque qui
veut goûter à tout, mais l'âne qui ne fait pas grâce
aux chardons les mieux pourvus d'épines, mais le
bœuf pesant dont chaque pas écrase un monde de
plantes et d'insectes !... Il faut pourtant qu'ils vivent.
Eux aussi sont beaux et bons. L'âne est sage et plein
de raisonnements. Mais cette insolente graminée qui
envahit tout, ce triomphant *triticum*, produit mystérieux, qui, sous le nom pompeux de *froment*, renie
tous ses humbles ancêtres et va chassant devant lui
toutes ses sœurs plébéiennes, les plantes inutiles à

l'homme!... de quel droit?... — Mais l'homme veut
vivre, et il semble que la vie soit une proie disputée
avec fureur par tout ce qui respire. Oui, ce monde
est une grande bataille et une effroyable tuerie.
Étonnez-vous donc que les sociétés ne sachent pas
s'organiser quand elles n'ont pas encore trouvé le
moyen de vivre en paix avec le sol qui les porte!

Octave de Germandre ne faisait pas toutes ces réflexions inutiles. Sabreur insouciant, il foulait aux
pieds cette plantureuse verdure et ne lui trouvait
pour le moment d'autre utilité que celle d'essuyer
ses bottes blanchies par la poussière. Il vit bien qu'il
s'était trompé de chemin, et il n'en fut pas mécontent; car il ne devait pas s'être beaucoup éloigné de
la tour, et il eût mieux aimé rencontrer Corisande
gardant ses vaches en quelque prairie ombragée, que
d'aller tout droit se présenter à son frère.

Il avait bien trouvé en route un prétexte pour
cette visite invraisemblable; mais, à mesure qu'il
s'était rapproché du but et décidé à l'atteindre, il
avait envisagé avec répugnance l'idée d'un mensonge
et l'attitude d'un séducteur.

— Je ferais peut-être tout aussi bien, se disait-il,
de me reposer ici une heure ou deux, de demander
une croûte de pain bis dans ce moulin et de m'en
retourner sans faire aucune tentative pour voir les
blanches cornettes de ma cousine. Si je la rencontre
par hasard... ma foi, je lui dirai que j'étais venu
pour voir *les lieux où Rose respire*, style de romance,
et que je n'avais pas l'indiscrétion de chercher...

Comme il en était là de son raisonnement, un
chien noir, débusquant d'une haie vive, se lança vers
lui avec fureur; mais, arrêté par le ruisseau, l'animal fit rage d'aboiements et de menaces sur l'autre
rive; l'aspect de cet uniforme si nouveau pour lui
l'exaspérait. Le capitaine était dépisté. Il leva les
yeux et vit, dans un coin de la prairie en pente et
dentelée de grands buissons, qui lui faisait face, les
deux enfants du chevalier, Lucien, armé d'un râteau
trois fois long comme lui-même et enlevant leste-
ment le regain de l'herbe fauchée, tandis que la petite Margot se roulait sur les *miloches*, c'est-à-dire
sur les tas que son frère venait d'amonceler. Octave
regarda encore plus haut, et il vit le toit rustique de

12.

la vieille tour dépassant la cime des arbres ; il était
arrivé là en contournant les prairies arrosées qui
servaient de parc à l'antique seigneurie, ou, pour
parler plus juste, à l'ancien rendez-vous de chasse
des seigneurs de Germandre.

Octave espéra se soustraire aux regards des enfants
du chevalier ; mais les jappements du chien l'avaient
trahi. Margot, qui ne faisait rien, l'avait vu et reconnu. Elle l'avait signalé à son frère, qui jeta son
râteau et accourut pour recevoir son hôte.

— Comment ! c'est-vous, mon capitaine ? dit l'enfant au regard assuré et aux façons hardies. On ne
s'attendait pas à vous voir ici ! C'est mon papa que
vous cherchez ? Mais il n'y est pas. C'est égal, vous
vous reposerez chez nous et on vous fera déjeuner.
Margot, va donc avertir la tante !

En parlant ainsi par-dessus le ruisseau, Lucien faisait signe à Octave de le remonter avec lui, et, quelques pas plus haut, ils se rejoignirent par un petit
pont de planches moussues.

Le capitaine fut très-soulagé d'apprendre que le
chevalier était resté en route avec son vieux cheval

et qu'il ne rentrerait peut-être qu'un peu tard. Il se
sentait plus à l'aise pour débiter son petit mensonge
aux enfants et à Corisande.

— Me voici, pensa-t-il, en pleine bergerie ; je ne
sais pas pourquoi je n'y rêverais pas une églogue
fort innocente pendant deux heures. Ce sera comme
un calmant sur mon dépit à propos d'Hortense et sur
ma déception à propos de l'héritage.

Octave était, on le voit, fort éloigné d'encourager
en lui-même une mauvaise pensée. À l'égard de
toute autre *pastourelle jolie*, comme disaient les opé-
ras-comiques de ce temps-là, il eût été probablement
moins scrupuleux ; mais, tout soldat de l'Empire
qu'il était, il avait conservé trop d'idées aristocra-
tiques pour ne pas respecter une femme de son
sang. Une proche parente qui portait son nom était
presque une sœur à ses yeux. La veille, en la trouvant travestie en paysanne, il avait un peu oublié le
degré de parenté ; mais, en regardant le portrait de
son aïeule, autre fille des champs métamorphosée
en grande dame, il avait retrouvé la notion des liens
sérieux et respectables de la famille, et, s'il était un

peu amoureux quand même, il ne se l'avouait pas et
mettait tout sur le compte de l'amitié.

Comme il se dirigeait avec Lucien vers le logis, la
petite, qui avait couru en avant, revint leur dire que
la tante Corisande avait été laver.

— Oh bien ! dit Lucien, je sais où elle est, alors!
Venez avec moi... L'eau ne nous manque pas par ici,
comme vous voyez, dit-il chemin faisant au capitaine ; car, outre la rivière et le ruisseau, nous avons
encore une belle source.

Ils tournèrent encore quelques buissons, et Octave
vit la demoiselle de campagne agenouillée devant la
fontaine, savonnant et tordant les chemisettes, les
fichus et cravates des enfants. Elle n'allait pas vite
en apparence ; mais sa main adroite et sûre abattait
beaucoup d'ouvrage en peu d'instants. Rien ne semblait pénible ni hâté dans son travail ; elle se plaisait
peut-être à sentir ses mains dans l'eau limpide et à
faire ruisseler sur ses bras les perles, irisées par le
soleil, que soulevait son battoir. Un grand sureau
semait sur elle des étoiles de lumière verte à travers
ses feuilles découpées. Elle avait rabattu les barbes

de sa coiffe sur son dos pour préserver son cou de la piqûre des cousins. Elle était aussi propre que la veille, mais encore plus rigidement austère dans sa mise, et, tout en travaillant, elle chantait à demi-voix, sur un air lent et mesuré, les paroles d'une chanson qui ressemblait à un noël.

Octave ne la trouva plus jolie à première vue; mais, dès qu'elle le vit, elle sourit, et sa figure sévère prit une aménité sainte qui lui rendit son charme.

— Je ne peux pas vous tendre la main, lui dit-elle en se levant; elle est trop froide et trop mouillée, mais je vous donne de tout mon cœur la bienvenue. Qu'est-ce qui vous amène donc par chez nous, mon cousin? Ça n'est pas, j'espère, pour chercher noise? Non! vous m'avez juré d'être bon, et un homme n'a que sa parole.

— Je veux être bon, quand ce ne serait que pour vous entendre dire que je le suis, répondit Octave, et, si je suis venu ici, c'est que j'ai à vous parler.

— Soit! reprit Corisande. Eh bien, vous allez venir à la maison. Enfants, courez mettre la nappe et rallumer le feu. On vous suit. Si c'est quelque chose

de secret, ajouta-t-elle en étendant avec soin son
linge mouillé sur les branches, dites-le-moi à présent
pendant que les enfants n'y sont pas ; car les enfants,
ça ne comprend pas et ça jase. Voyons, dites, mon
cousin, ça a-t-il rapport à mon frère ?

XI

La franchise de Corisande embarrassa un peu
Octave. Il avait compté dire qu'il était envoyé par
madame de Sévigny et par une partie de la famille
pour engager le chevalier à se présenter aux épreuves
du lendemain : la vue de Corisande confiante et
brave lui ôta la force de mentir. Il prit son parti en
brave, lui aussi :

— Non ! dit-il, je viens pour vous parler de moi
seul ; c'est d'un égoïste, comme vous voyez. Pour
vous rendre service, pourtant, j'aurais bien été au

bout du monde! Mais, ne vous étant bon à rien, j'ai pensé à moi-même, et j'ai fait dix lieues pour vous demander un conseil. Si c'est indiscret et inconvenant, renvoyez-moi; j'en aurai du chagrin, mais je ne m'en formaliserai pas.

— Pourquoi ça serait-il inconvenant? reprit mademoiselle de Germandre. Vous n'êtes pas un mauvais passant, vous êtes mon cousin.

— Votre cousin issu de germain, neveu à la mode de Bretagne, entendez-vous, chère tante?

— Tiens, c'est vrai! Alors, mon petit neveu, confessez-vous. Je parie que vous allez me parler d'Hortense!

— Oui! vous m'avez grondé hier, j'ai réfléchi. J'ai reconnu que vous aviez raison, et que, si elle ne m'aimait pas, c'était ma faute. Mais j'ai découvert autre chose, c'est que je n'étais pas sûr de l'avoir jamais aimée, et, avec ce doute-là, dois-je l'épouser? Ah! répondez tout de suite, d'inspiration!

— Je réponds non! vous feriez son malheur! Mais pourtant... attendez! elle veut donc vous épouser, elle, à présent?

— Il n'en est pas question aujourd'hui; mais, si j'hérite demain?...

— Vous croyez qu'elle vous aimera demain?

— Non! mais je crois qu'elle a eu plus d'une fois l'idée de m'épouser pour m'empêcher de rester pauvre, et je m'imagine que, devenu riche, je devrais lui rendre la pareille.

— Mais elle n'est pas pauvre, madame de Sévigny?

— Elle est fort à l'aise.

— Eh bien, alors? Savez-vous que je n'entends pas grand'chose à ces histoires de pauvres et de riches? On s'aime ou on ne s'aime pas : voilà tout, je pense!

Octave avait expliqué sa visite, il était bien accueilli; il était d'avance tout converti à l'opinion de Corisande; il lui offrit son bras pour gagner la maison, et se laissa aller, chemin faisant, au besoin, à la fois curieux et tendre, qu'il éprouvait de la questionner sur elle-même.

— Savez-vous, lui dit-il en prenant gaiement sous son autre bras le battoir et la corbeille de cette Nausicaa rustique, que vous êtes une personne éton-

nante? Vous tranchez les questions de cœur les plus
délicates avec la foi et la persuasion d'une femme
qui connaîtrait l'amour vrai; et pourtant... vous
n'avez jamais aimé personne! n'est-il pas vrai, ma
respectable tante?

— Ma foi, non, répondit Corisande ingénument.
Je vous ai dit la chose hier. Ne me voulant point
établir, j'ai aimé mon frère et son petit monde;
c'est bien le tout. Mais est-ce que ça ne suffit pas
pour savoir ce que c'est que d'aimer?

— Cela devrait suffire, cela suffit peut-être aux
âmes pures et dévouées! Mais je ne suis pas si bon
que vous, ma chère amie; j'ai à peine connu mes
parents, j'ai eu peu de vrais amis, je n'ai encore
aimé réellement personne.

— Pauvre cousin! je vous plains! répondit Corisande avec une naïve commisération; mais nous
voilà rendus. Asseyez-vous, je vas vitement vous
faire une omelette.

— Vous-même?

— Et qui donc vous la ferait? Ça n'est pas la
Margot, je pense!

— Ce sera moi, reprit Octave. Pensez-vous qu'un militaire qui a plusieurs campagnes sur les reins ne sache pas fricasser quelque chose?

On se disputa un peu la queue de la poêle; Octave était gai sans savoir pourquoi. Son cœur se trouvait allégé de ses ennuis accoutumés dans cette atmosphère de simplicité. La maison était d'une propreté et d'un rangement irréprochables, basse et un peu sombre, mais spacieuse et fraîche. Elle était garnie de ces gros meubles à la façon hollandaise, alors très-dédaignés, mais que l'on recherche aujourd'hui et que l'on commence à payer fort cher, même dans les chaumières. Les villageoises, soigneuses de frotter tous les jours ces vieux bois avec un lambeau de serge, leur donnent un luisant qui ne blesse pas les yeux comme le vernis moderne.

Corisande rangeait elle-même et entretenait ce mobilier respectable, ces grandes armoires dont les panneaux sculptés représentent des chasses ou des batailles, ces tables de chêne noir que rehausse une lourde guirlande de fruits et de feuillages en relief, ces siéges à double fond où les protestants

cachaient leur Bible, et où, plus tard, on cachait le
sel de contrebande; ces dressoirs et ces crédences
qui n'ont jamais perdu leurs noms classiques dans
les campagnes, noms remis à la mode par le roman-
tisme, et dont la littérature a été forcée d'abuser
quand est venue aussi la vogue de la couleur locale.
Le lit du chevalier, posé à un angle de la salle, était
assez large pour héberger toute une couvée, et le
père s'y trouvait à l'aise avec son petit garçon, tandis
qu'à l'autre angle un lit tout semblable, caché égale-
ment dans un corbillard de serge bleue, était par-
tagé entre Corisande et la mignonne Marguerite.

On mangeait dans cette pièce, on y faisait la cuisine; le chevalier s'y livrait, le soir, à ses recherches
scientifiques; Corisande y filait au rouet où y rapié-
çait les habits, et pourtant cet intérieur était aussi
chaste qu'une cellule et aussi bien tenu qu'un salon
de compagnie. On y sentait l'incessante vigilance et
la paisible activité de la femme qui a mis là toute sa
vie, passé et avenir, et dont le rêve n'a jamais franchi
le court horizon de son enclos.

La cour était aussi propre que la maison. Par une

innovation qui avait semblé un peu hardie à ses voisins, le chevalier avait réservé devant sa porte une
enceinte treillagée que les animaux domestiques ne
franchissaient pas, et qui empêchait les poules d'entrer dans sa chambre. Un berceau de clématite l'om-
brageait, et le sol était sablé. Une recherche si
extraordinaire avait frappé de surprise les gens du
hameau, et, bien que le chevalier eût tout disposé et
tout fabriqué lui-même, sans aucune dépense, bien
qu'il dormît sous le chaume et qu'il fît asseoir avec
lui à sa table tous les paysans qui venaient le voir
aux heures des repas, on disait toujours *le château,*
en parlant de sa chaumière, on lui donnait toujours
du *monsieur de,* en lui parlant, et on n'entrait jamais
chez lui sans essuyer ses chaussures à la porte.

Tout cela n'était pas un respect servile des choses
du passé, c'était une déférence instinctive pour la
dignité du caractère. Le chevalier était estimé et
d'autant moins discuté qu'il était un des plus pauvres
de la paroisse. Tous avaient gagné à la vente des
biens nationaux. Lui seul n'avait pas eu le moyen
d'arrondir son petit domaine. Et pourtant il était le

plus à l'aise en apparence, parce qu'il dépensait
sans parcimonie son mince revenu et rendait même
des services. On ne le craignait pas, c'est-à-dire qu'on
n'avait pas pour lui ces courbettes hypocrites qui
sont assurées aux amasseurs d'argent; mais on l'aimait autant qu'on peut aimer un supérieur.

Généralement, ce n'est guère, avouons-le. Autant
le paysan du Centre a de sagesse, d'égards et d'esprit de justice dans ses relations avec ceux de sa
caste, autant il est rusé, méfiant, flatteur et secrète-
ment hostile avec ceux qui le priment par la fortune,
le nom ou l'éducation. C'est le résultat de cette vie
murée par l'isolement, que modifiera la civilisation
croissante; jusqu'ici, pour juger le paysan, il faut se
mettre à son point de vue et ne pas en sortir.

Octave comprit la situation de cette branche de sa
famille en voyant entrer plusieurs voisins qui venaient pour parler avec le chevalier, et qui, ne le
trouvant pas là, se retiraient après s'être poliment
enquis des motifs de son absence. Quelques voisines
curieuses vinrent admirer la figure et l'uniforme du
beau capitaine; mais elles ne furent ni indiscrètes ni

malveillantes. Il était évident que Corisande était
toujours à leurs yeux *la demoiselle,* et qu'on eût
craint de se mal conduire avec une personne affable
et serviable qui, à tous égards, se conduisait si
bien.

Octave était affamé, et force lui fut de sourire en
voyant apparaître, après l'omelette, deux perdrix que
le chevalier avait tuées sur son domaine, une salade
et un fromage. Tout y passa, même les fruits. Le
vin fit faute ; l'endroit n'en produisait pas, et on
n'avait pas le moyen d'en acheter. Corisande fit cet
aveu sans fausse honte, et le capitaine vanta le cidre
de bonne foi, bien qu'il fût fort médiocre ; mais son
cœur et son estomac, doucement dilatés, n'étaient
nullement disposés à la critique.

— C'est singulier, dit-il à Corisande, qui, aidée
des enfants, l'avait servi avec une grâce charmante
et sans l'obséder de vaines cérémonies : je me trouve
ici le plus heureux du monde ! J'oublie tout ce qui
me choque et m'irrite ailleurs. Je trouve votre intérieur et votre existence arrangés avec un art, une
sagesse extraordinaires. Il y a chez vous juste tout ce

qu'il faut pour être bien, et, en y réfléchissant, on reconnaît que tout ce qui n'y est pas est inutile sinon nuisible à l'indépendance, à la raison et à la santé. Je commence à comprendre que vous vous trouviez heureuse. Ces enfants-là... moi qui déteste les enfants ! eh bien, ils sont gentils, tranquilles et serviables au possible. Je les aimerais... je les aime, parbleu ! Voulez-vous que je vous embrasse, mademoiselle Margot ? Tenez ! elle n'est pas barbouillée ; elle ne se manière pas et sa joue rose sent la rose... C'est donc vous, cousine, qui savez rendre les enfants supportables, la pauvreté élégante et ramener les cœurs malades à la santé ? Je voudrais, le diable me... bénisse ! que votre frère arrivât dans ce moment-ci. J'ai été grossier hier avec lui... j'étais jaloux ! je ne le suis plus, et je lui demanderais son amitié.

— Voilà qui est bien, dit Corisande en lui frappant doucement sur l'épaule. Mais pourquoi dites-vous donc que vous étiez jaloux ?...

Elle s'arrêta, voyant que Lucien écoutait.

— Vous étiez jaloux, reprit-elle, pensant que mon frère aurait l'héritage ?

—Oui, oui, c'est cela, dit Octave, c'était un mauvais sentiment que j'abjure et dont me voilà bien guéri.

—A la bonne heure ! dit Lucien. Je voyais bien ça, moi, hier. Aussi je ne vous aimais pas ; mais, puisque te voilà bon garçon ce matin...

— Tu me pardonnes ? répondit Octave en le mettant à cheval sur son genou et en lui laissant caresser ses épaulettes et sa moustache. Allons, soyons amis ! Veux-tu venir à la guerre avec moi ?

— Un peu plus tard, je ne dis pas ; mais, à présent, tu vois bien qu'il faut que je reste avec mon papa pour l'aider à hériter.

—Ah ! ah ! tu crois donc qu'il héritera ? Tu en es sûr, peut-être ?

— Oui, j'en suis sûr ! répondit Lucien avec un sérieux imperturbable.

— Voyez les enfants ! dit Corisande en riant, ça ne doute de rien. Mais comment est-ce que ton père ouvrirait le fameux coffre, puisqu'il ne retournera pas au château ?

— Je te dis qu'il y retournera ! reprit Lucien en s'animant ; il y retournera, parce que je lui dirai qu'il le faut. Et tu sais bien que le père m'écoute!

— Quand tu ne dis pas de sottises! et voilà que tu en dis. Tu parles pour parler! Tu ferais mieux de mener ton cousin faire un tour de promenade pendant que je lèverai le couvert.

Octave eût préféré rester ; mais il craignit de gêner Corisande, et il suivit Lucien, qui lui proposait de venir avec lui lever la nasse.

— Ça vous amusera, disait l'enfant, d'emporter un plat de poisson pour notre cousine Hortense.

—Emporter? Non, répondit Octave, ça ne m'amuserait pas du tout. Mais je veux bien voir si ta prise est bonne.

La nasse était vide; mais, en revanche, les balances étaient pleines d'écrevisses. Lucien en remplit le tablier de sa petite sœur, tout en babillant avec Octave.

— N'est-ce pas, lui disait-il, que c'est bien plus joli ici qu'au château de Germandre? Ça n'est pas dans leur grand jardin ratissé qu'on voit des fleurs comme ça, et de l'eau qui fait du bruit, et des écrevisses tant qu'on en veut !

13.

— Ma foi, tu n'as pas tort! répondit Octave, qui, se sentant de mieux en mieux disposé, commençait à apprécier le charme de l'oasis. C'est décidément très-joli ici, et ton père a bien raison de ne pas couper ses arbres; car il ne compte pas les couper?

— Oh! il n'y a pas de risque! Il a dit que personne n'y toucherait avant que la Margot soit mariée, parce que ce sera sa dot. Savez-vous que, dans ce temps-là, il y en aura pour une dizaine de mille francs s'ils continuent à profiter comme ils profitent?

— Peste! comme tu connais les affaires, toi! Et ta dot, tu sais sans doute où on la prendra?

— Oui, je le sais, on la prendra là-haut.

— Dans la tour?

— Non, derrière la tour! On a bien demandé à mon père d'abattre la tour pour lui acheter les pierres de taille, parce qu'on n'en a pas de bonnes dans le pays; mais il a dit comme ça : « Quand toutes nos pierres seront vendues et la tour mangée, elle ne repoussera pas. Il vaudrait mieux retrouver la carrière d'où on l'a tirée. » Les gens se sont moqués de lui; on lui disait : « Cette pierre-là vient de loin. Il n'y a jamais eu de carrière dans le pays. C'est les Romains qui ont apporté les matériaux de la tour, on ne saura jamais d'où. Les Romains étaient tous sorciers; ils ont fait des ouvrages que personne ne peut refaire. » Mon papa les a laissés dire. Il a fouillé la côte. Il a retrouvé des creux qui avaient été fouillés par les anciens et où il n'y avait rien de bon. Il a entamé le haut du terrain, il n'y avait que de la pierre qui s'émiettait comme du pain; le bas n'était que du sable de rivière; et pourtant il disait : « Il y a eu par là un soulèvement, j'en suis sûr, et, puisqu'en plusieurs endroits le granit perce la terre, puisque la tour est bâtie en granit, je dois trouver une arête continue de granit qu'il sera possible un jour d'exploiter. » Il a tant cherché, qu'il a trouvé. Il est bien vrai que nous n'avons pas le moyen encore de faire faire les premiers travaux; mais ça viendra, et mon papa me dit toujours : « Sois tranquille, tu as là du pain pour tes vieux jours. »

— Tubleu! s'écria Octave étonné du babil sensé

de son petit cousin, comme tu parles de ces choses-
là, toi! Tu connais le granit, tu sais ce que c'est
qu'un soulèvement, une arête, et tu parles des Romains comme un homme sans préjugés! C'est ton
père qui t'a appris tout ça?

— Et bien d'autres choses encore; mais il dit
comme ça qu'on ne doit jamais faire montre de ce
qu'on sait, et je te prie, mon cousin, de ne pas me
le demander.

— Tu ne risques rien, mon garçon! je ne suis pas
de force à te faire subir un examen. Sais-tu... savez-
vous, continua-t-il en voyant arriver Corisande, qui
avait fini son rangement, que j'ai été fort mal élevé,
moi, c'est-à-dire pas élevé du tout, et qu'avec vos
airs de paysans vous m'en remontreriez sur bien
des points?

— Le petit a bonne envie d'apprendre, répondit
Corisande, et le père doit être savant; car, aussitôt
qu'il a un moment, il est fourré dans les livres. Mais,
moi, je ne sais rien de rien. Je n'ai jamais eu le
temps d'y mordre.

— Vous savez beaucoup, au contraire, ma belle

tante. Je parie que vous savez sur le bout du doigt mille choses que j'ignore!

— Oui-da! je gage que non!

— D'abord, vous savez le ménage, la couture...

— Oh! oui! et faire un peu de cuisine, et tricoter des bas, couper des chemises et même des robes. Si vous le prenez comme ça, je suis assez savante pour une fille de campagne.

— Et la culture des terres? Je parie que vous savez gouverner un jardin, une basse-cour, et même un champ et un pré?

— Comment ne le saurais-je point? Je connais aussi l'emménagement d'un moulin, la gouverne d'un bois, quand et comment il faut planter, couper, semer, cueillir tout ce qui pousse sur nos terres. Si je ne le savais pas, c'est que je serais aveugle ou paresseuse.

— Et, comme vous êtes active et clairvoyante, comme vous avez été élevée dans des idées sages et que votre chef de famille est un homme instruit, il en résulte que, si vous aviez une grande terre à régir et une grande maison à administrer, vous seriez

mille fois plus savante et plus habile qu'une demoiselle élevée, dans le monde, sachant danser, jouer
du piano, et se coiffer à la grecque ou à la romaine.
Vous n'avez pas connu votre grand'mère du côté
paternel?

— Celle dont on m'a donné le nom? Nenni! je
n'étais pas née quand elle est morte; mais on dit
que son portrait est là-bas, chez le défunt marquis,
et d'aucuns m'ont dit qu'il me ressemblait un peu.

— Il vous ressemble tellement, que je me demande
si elle ne revit pas en vous; car elle avait été élevée
comme vous, et, comme vous, elle était au-dessus de
toutes les femmes du pays, dans son temps.

— Mais, moi, je ne suis au-dessus de personne.
Vous vous moquez, mon cousin!

— Je ne me moque pas, je vois en vous une personne qui ne ressemble à aucune autre, et pour
laquelle je sens une estime et un respect qui ne me
permettraient pas de railler. Ajoutez à cela une
amitié véritable, une confiance absolue, et dites-moi
s'il y a au monde un meilleur sentiment, même celui
qu'on appelle amour?

Corisande avait une haute dose de raison qui lui tenait lieu d'expérience. Elle vit que son cousin s'animait, et que, tout en protestant du calme de son affection, il était, de nouveau et encore plus que la veille, gagné par une émotion assez vive. Que ce fût attendrissement ou passion, il ne fallait pas risquer d'encourager une inclination naissante.

Corisande n'était pas née enthousiaste, et les âpretés de son existence n'avaient pas laissé de place aux subtilités romanesques. Paisible comme le lac ombreux et parfumé que formait la rivière derrière son écluse, elle ne connaissait pas le trop-plein qui s'épanche en courants impétueux. Ce n'était pas une goutte d'eau, une petite larme au bord des yeux radoucis du sceptique Octave qui pouvait soulever et faire déborder cette glace immobile. Elle ne montra donc aucun trouble, parce que son esprit absolu n'admettait aucun dérangement dans la sérénité de son devoir, et elle changea de conversation sans paraître avoir compris la nécessité de distraire Octave de son admiration pour elle.

— Comme elle est froide! pensait Octave; froide

comme les nénufars de ses eaux dormantes! Allons,
c'est bien heureux pour moi; car, si elle était tant
soit peu passionnée, je serais amoureux d'elle, et
ce serait un grand malheur pour tous deux.

Octave se trompait absolument. C'est l'absence
de passion, c'est la force tranquille qui donnaient à
Corisande un ascendant subit et comme un empire
mystérieux sur son esprit incertain et frondeur. Elle
était la seule femme qui eût pu lui donner du bonheur, parce qu'elle était la seule femme qui eût pu,
grâce à son jugement sain et à son humeur patiente,
ne pas s'irriter des défauts d'un époux capricieux,
attendre la guérison de sa maladie morale, y con-
tribuer par la douceur et ne pas se trouver malheureuse avec lui. A un caractère vétilleux et tourmenté,
il faut l'influence d'une âme sans orage gouvernée
par la raison plus que par l'émotion, par la bonté
plus que par la sensibilité.

XII

Quelque disposé que l'on soit à se convertir, on
ne se régénère pas en une heure, et Octave, bien
que persuadé du raisonnement qu'il venait de faire,
sentit quelque dépit de la froideur de sa cousine. Il
ne pouvait supporter l'idée d'être dédaigné, et, sauf
à jouer avec le feu, il eût voulu que son amitié fût
accueillie avec plus d'empressement et de satisfaction.

Sans rien chercher ni préméditer, il retrouva la
merveilleuse facilité qu'il avait pour taquiner et
inquiéter, quand il se sentait inquiet lui-même, et,
profitant du moment où les enfants portaient leurs
écrevisses à la maison :

— Vous me demandiez, dit-il à Corisande, pourquoi, hier, j'étais très-jaloux de votre frère. N'avez-
vous pas remarqué qu'il allait fort imprudemment
sur mes brisées?

— Je ne vous entends point, répondit mademoiselle de Germandre.

— Vous faites semblant, ma respectable tante!
vous avez bien vu que le chevalier devenait amoureux de notre cousine Hortense, tellement amoureux, qu'il n'avait pas la force de le cacher.

— Que me dites-vous là? s'écria Corisande stu-
péfaite. Allons, c'est encore une fantaisie qui vous
prend.

— Un accès? Vous me croyez fou!

— Je vous crois bien léger en idées et en paroles
quand vous vous y mettez! Songez-vous à ce que vous
dites? Mon frère est veuf depuis si peu de temps...

— Combien? Voyons!

— Huit ans. Ma belle-sœur est morte en mettant
la petite au monde.

— Eh bien, huit ans, ça commence à compter.
Son deuil est fini.

— Il l'a tant aimée, sa pauvre femme!

— Raison de plus pour en aimer une autre. Un
homme ardent ne peut pas se passer longtemps
d'aimer.

— Vous prenez mon frère pour une tête en feu ! vous ne le connaissez pas.

— Je le connais mieux que vous. Il suffit d'avoir vu ses yeux se fixer malgré lui sur madame de Sévigny pour être bien sûr qu'il y pense et qu'il y pensera longtemps.

— Longtemps ! toujours peut-être ! Vous croyez ça, vous ?

Il y avait plus d'inquiétude que de dénégation dans les interrogations de Corisande. Octave vit qu'il avait touché juste. Il ajouta :

— Madame de Sévigny est enthousiaste aussi ; vous avez dû vous en apercevoir.

— Elle a le cœur sur la main, reprit Corisande. C'est une femme qu'on peut bien aimer à première vue.

— Alors vous ne vous étonnez pas de ma jalousie ?

— Vous m'avez dit que vous ne l'aimiez plus.

— Je vous ai dit que je n'étais sûr de rien quant à mes sentiments pour elle. Par moments, je me crois guéri, et, tout d'un coup, je me sens furieux d'avoir un rival.

— Ah! vous allez donc recommencer? vous voulez me faire de la peine?

— Et vous allez me haïr, me maudire... ou tout au moins me bouder? Eh bien, j'aime mieux ça que vos grands airs d'indifférence.

— Je ne suis point indifférente pour vous. Je vous ai donné mon amitié sans vous connaître, ayant vu en vous un bon mouvement et beaucoup d'esprit. Si vous n'êtes pas un homme raisonnable, si vous ne pouvez pas dire : « Voilà comme je pense et comme je veux me comporter, » je penserai que c'est bien dommage, et je ferai en sorte que mon frère ne revoie jamais madame Hortense, afin qu'il n'y ait point de fâcherie entre vous deux à son sujet.

Octave, voulant prolonger l'angoisse de sa cousine, ne répondit pas. Il s'était assis près d'elle sur un rocher et feignait de jouer avec sa moustache d'un air distrait, attendant que Corisande le suppliât plus tendrement.

Mais Corisande se taisait aussi. Elle avait été surprise par une idée nouvelle, et elle était absorbée dans ses réflexions. Était-il possible que madame de

Sévigny et le chevalier fussent jamais mariés ensemble? n'était-elle pas trop jeune pour lui? n'était-il pas
trop pauvre pour elle? Corisande ne se rendait pas
bien compte de la différence présumable de leurs
goûts et de leurs idées. Son frère était un homme si
supérieur à ses yeux, que ce devait être un grand
bonheur pour une femme de lui appartenir : pourtant Hortense serait-elle assez raisonnable pour
apprécier ce bonheur?

Hortense avait charmé Corisande et elle l'aimait,
surtout depuis qu'elle la sentait aimée de son frère;
car elle s'en apercevait après coup. Un mot d'Octave
avait ravivé et rassemblé ses souvenirs de la veille.
Ce mot lui expliquait tout ce qui l'avait frappée,
tout ce qu'elle n'avait su que vaguement pressentir.

Elle était si bien envahie par cette pensée, qu'elle
se prit à l'exprimer tout haut.

— Mon Dieu! dit-elle parlant aussi bien à Octave
qu'à elle-même, mon frère va donc être malheureux,
à présent? Il s'ennuiera dans sa maison, et le bonheur qu'il souhaiterait, on ne pourra pas le lui don-

ner? Non! ça n'est pas comme vous dites! Il a trop
de raison, il aime trop ses enfants.

— Il y a un remède au chagrin que vous craignez,
dit Octave, c'est que j'épouse Hortense.

— Mais, si elle ne veut pas de vous?...

— Vous m'avez appris le moyen de me faire aimer.
Je serai charmant avec elle..

— Et vous pensez que ça guérirait mon frère, de
vous savoir heureux à sa place? Moi, je crois qu'il
serait mieux à vous comme à moi de les laisser s'aimer.

— Ce serait très-beau de notre part, assurément;
car je jouerais un rôle ridicule, et, quant à vous, il
n'est pas sûr que votre vie de famille ne fût pas
troublée par un si grand changement.

— Je ne pense point à moi. Tout me conviendra si
mon frère est heureux!

— Mais je pense à moi, s'il vous plaît, et je me
demande ce qui me reviendra de mon sacrifice.

— L'amitié des autres.

— Les autres, les autres! Si je ne me soucie que
de vous, par hasard!

—Oh! souciez-vous de moi, je ne demande pas mieux, dit Corisande en souriant avec simplicité; vous aurez mon estime très-grande.

— Rien que votre estime? L'amitié que vous veniez de me retirer ne reviendra pas?

— Elle est toute revenue si vous voulez aimer mon frère comme je l'aime.

— Savez-vous que j'en deviens jaloux, de votre frère? Vous ne pensez qu'à lui, vous ne vivez que pour lui! Cette amitié-là est si grande, qu'elle finira par endurcir votre âme à tout le reste, et voilà que je me mets à le détester de plus belle, ce rival qui m'enlève ou me ferme tous les cœurs !

Corisande vit clairement, au ton et à la physionomie d'Octave, que le fantasque jeune homme se remettait à lui faire la cour. Elle fut blessée de cette gageure méchante et puérile qui avait la vie ou le bonheur de son frère pour enjeu.

— Tenez! lui dit-elle en se levant et en lui frappant sur le cœur avec une rusticité toute maternelle, vous n'avez point de ça, pauvre garçon! l'esprit vous rendra bête et l'ennui vous tuera. M'est avis

que voilà bien des paroles perdues, et que je ferais
mieux d'aller préparer le dîner de mon frère, qui va
sûrement rentrer. Si vous lui voulez chercher querelle, je ne vous en empêche pas. Il est bon pour
vous répondre, et j'ai honte de vous avoir demandé
grâce pour lui.

Corisande s'éloigna; mais elle n'était pas si brave
pour son frère qu'elle voulait le faire croire. Elle
disparut dans les buissons, fit un détour et revint
sans bruit regarder à la dérobée quelle figure faisait
Octave après une pareille semonce.

Chose étrange, Octave pleurait comme un enfant.
Tout ce qu'il avait de bonté et de loyauté dans l'âme
se réveillait devant cette condamnation sévère, plus
motivée par sa folle humeur que méritée par son
vrai caractère. Il sentit en ce moment qu'il aimait
Corisande d'une affection très-vraie, d'une amitié
réelle devant laquelle l'amour dont il était capable
ne jouait pas le principal rôle; qu'il n'aimerait
jamais mieux ni autant une autre femme, et qu'il
venait de froisser le cœur qui lui était le plus nécessaire. Il eut un accès de colère contre lui-même et

passa ses mains dans ses cheveux comme pour les arracher. Il ne les arracha point; mais il déchira son mouchoir, qui n'en pouvait mais, et, honteux des sanglots qui l'oppressaient, il se mit à marcher avec fureur le long du petit lac.

Corisande le perdit de vue et regagna la maison, contente de voir qu'il avait du cœur, certaine qu'il se repentait sincèrement d'une mauvaise pensée, mais ne voulant pas croire qu'elle fût aimée si sincèrement, et jugeant, dans tous les cas, qu'il ne fallait pas consoler et rassurer trop vite un enfant si terrible.

Elle eût été moins ferme si elle eût pu pressentir la vivacité des impressions de ce malheureux jeune homme. Octave sentait son malheur, et, par moments, désespérant de s'en corriger, il avait par grands accès le dégoût de la vie.

Il s'enfonça sous l'ombrage de ces vieux arbres qui fermaient d'une voûte impénétrable l'accès au soleil. Le sentier qu'il suivait devenait de plus en plus humide. Bientôt il se trouva sur une étroite chaussée entre deux lacs; car le ruisseau, ayant ren-

14

contré là un entonnoir assez vaste, y avait installé aussi sa nappe transparente, et, à la suite des pluies d'orage, les deux réservoirs n'en faisaient qu'un. Les arbres se pressaient de plus en plus, les uns droits, élancés, cherchant l'air et la lumière et l'accaparant déjà aux dépens des anciennes souches qu'ils avaient dépassées. Ces vieillards bossus et décrépits tombaient étouffés sous le lierre qui les envahissait et hâtait leur ruine; quelques-uns, déjà moitié morts et penchés d'une façon menaçante, nourrissaient, sur leur tige moisie, de hautes fougères et des iris que les débordements avaient apportés jusque sur leur tête. Les saules, pour échapper à l'ombre cruelle, se couchaient sur les rives jusqu'à en perdre l'équilibre, et quelques-uns, emportés par le poids de leur tête, avaient fléchi jusqu'à se submerger. Des couleuvres rampaient dans les broussailles avec un bruit sinistre. Au milieu de ce jour d'été, l'ombre était pénétrée d'un froid étrange.

Octave avait ce froid douloureux dans l'âme encore plus que sur les épaules; il avançait toujours, cherchant instinctivement à sortir de ce bocage inondé qui l'enlaçait dans ses détours perfides, et qui prenait quelque chose de l'horreur d'une forêt vierge.

Ne voulant pas revenir sur ses pas, et le sentier s'effaçant sous l'herbe vaseuse, il vit quelques pierres qui promettaient une issue et sauta de l'une à l'autre; mais il dut s'arrêter. Une trop grande distance le séparait de la dernière, et un élan mal réussi pouvait le précipiter dans un réseau inextricable de plantes aquatiques.

Il fallait se retourner pour revenir en arrière. Il s'aperçut alors que cela était très-difficile et même périlleux, la roche qui le portait étant fort étroite et enduite de cette verdure gélatineuse qui fait glisser si traîtreusement.

— Où me suis-je fourré? se dit-il en prenant ses mesures pour ne pas tomber.

Et, comme il avait éprouvé un instant de crainte, il voulut s'en punir en bravant du regard l'espèce d'abîme, délicieux d'aspect, mais très-inquiétant de profondeur, où il se trouvait engagé.

L'anxiété se dissipa vite; mais la tristesse le ga-

gna; une tristesse ironique et morne, plus pénible
que la colère contre lui-même.

— Ceci ressemble, pensait-il, à l'étang magique
où Mélusine se changeait en poisson tous les vendre-
dis. On ne serait pas étonné d'y entendre le chant
de la sirène et de découvrir qu'on y est retenu,
comme on y a été attiré, par un charme funeste...
Vraiment, pensait-il encore, tout ici suinte la pensée
du suicide. En se laissant aller à un peu de vertige,
on serait vite mort et enterré; ces méchantes herbes
ne vous permettraient pas de vous raviser, et rien ne
servirait d'être beau nageur. Elles vous garderaient
dans leurs mailles gluantes, et nul ne saurait peut-
être jamais quelle fantaisie vous a pris de dispa-
raitre... On dirait de moi : « Il a déserté son drapeau
pour cause de royalisme, » ou : « Il s'est battu avec
le chevalier de Germandre pour les beaux yeux de
madame de Sévigny, et le campagnard a bel et bien
embroché l'enragé duelliste. » Beaucoup de gens
ajouteraient que c'est fort bien fait. Qui me pleure-
rait? Personne! Mon cheval peut-être! Mais il ne se
laisserait pas mourir de faim. A qui suis-je néces-

saire en ce monde ? On ne m'aime pas... Quelques
bons camarades feraient mon oraison funèbre en
disant : « Il était plus désagréable que mauvais, et
parfois il nous faisait rire avec sa misanthropie. »

Et Octave, rêvant tout éveillé, continuait :

— Ne me suis-je pas imaginé tout à l'heure qu'il
y avait une personne disposée à me plaindre, à me
réconcilier avec l'existence et à me garder un bon
souvenir ? Eh bien, cette amie improvisée, cette
sœur retrouvée comme dans un rêve, cette Velléda
sortie d'un chêne où elle dormait depuis mille ans
en attendant mon passage dans sa forêt enchantée,
j'ai eu l'esprit de l'offenser, et la voilà qui rentre
sous son écorce en me criant que l'esprit me rend
bête et que l'ennui me tuera. Ma foi ! je ne lui en
veux pas, elle a bien raison. Mais, moi, je connais
un remède : ce serait de tuer l'ennui de vivre... Mon
père n'était pas plus âgé que je ne le suis quand il
tomba sous les balles dans la bruyère de Penmark !
ma mère est morte de chagrin ; j'ai traîné longtemps
une existence misérable, tantôt caché par des paysans malpropres, tantôt recueilli par des bourgeois

14.

stupides, faisant peur à tous ceux qui s'exposaient
pour me sauver, privé d'instruction, bon à rien,
forcé de servir une cause qui n'était pas a mienne,
de me battre pour des questions d'opinion avec des
compagnons d'armes, et même, une fois, de tuer un
garçon que j'aimais... et dont la figure m'apparaît
souvent dans mon sommeil quand j'ai bu du punch
pour m'égayer! — Et on s'étonne que j'aie des idées
sombres et l'esprit navré! Pauvre Berthelot! quel
coup de sabre sur la tête! Il me semble que ses
yeux me regardent encore à travers des flots de
sang. Oui! certes, je les vois toujours! je les vois au
fond de cette eau noire! Qu'est-ce que c'est? quelle
est la voix qui m'appelle d'en bas?...

Je ne sais trop où ce tragique monologue mental
aurait conduit le pauvre Octave, si, au lieu d'une
voix fantastique, celle qui l'appelait n'eût été humaine et secourable. Il plongea un œil égaré vers
une petite digue d'arbres noyés et de terres amonce-
lées par les dernières inondations, et il en vit sortir,
sur un batelet, le chevalier de Germandre.

A peine rentré, le chevalier avait appris de sa

sœur, qui commençait à s'inquiéter de ne pas voir reparaître Octave, que celui-ci était venu pour leur rendre visite, et, pressée de questions, Corisande, ne sachant point mentir, lui avait brièvement tout raconté.

Le chevalier avait eu le temps de faire ses réflexions en ramenant au petit trot sa vieille grise. Il s'était de nouveau armé de pied en cap contre les piéges de l'amour. D'ailleurs, quand il n'était plus en présence de son enchanteresse, il redevenait l'homme stoïque qu'il avait toujours été à la surface. S'il fut ému de tout ce qu'il entendit, il sut le cacher. Corisande ne lui tut qu'une chose : c'est qu'Octave eût mêlé des pensées d'amour pour elle à la confiance qu'il lui témoignait. Elle sentit que le chevalier ne serait pas indulgent pour une pareille faute, et elle lui laissa croire qu'il n'était venu que pour parler d'Hortense et pour tâcher de savoir si le chevalier avait des prétentions sur elle.

— Ce jeune homme est fou! dit le chevalier en levant les épaules; mais tu me dis que tu l'as sérieusement grondé de ses menaces contre moi et qu'il en a pleuré? Il n'est donc pas méchant, et il faut le désabuser sans se courroucer contre lui. D'ailleurs, il est notre hôte et tu as eu tort de ne pas lui envoyer plus tôt Lucien pour le ramener à la maison. Je vas le chercher; j'espère bien qu'il n'osera pas m'entretenir des sottises qu'il t'a débitées à propos de notre cousine Hortense; mais, s'il le fait, je te promets de lui répondre avec douceur et d'être sage pour deux.

— Mais que lui direz-vous pour éviter cette querelle que je crains toujours?

— Je lui dirai que j'ai trente-huit ans, que je suis pauvre et que je ne compte jamais rencontrer l'occasion de revoir madame de Sévigny.

— Pourrez-vous lui jurer, reprit Corisande s'efforçant de lire dans les yeux de son frère, que vous n'avez point l'idée de vous remarier?

— Parfaitement! reprit le chevalier avec plus de vivacité qu'il n'était nécessaire; car, si j'avais une pareille idée, je la chasserais comme il me convient de le faire. Reste là, amuse la petite pour qu'elle ne me suive pas. Tu dis que tu as vu ce beau capitaine s'en aller du côté des écluses? J'y vas bien vite!

Corisande, voyant son frère très-calme, ne s'inquiéta pas davantage, et alla avec Margot s'assurer que Lucien soignait bien la grise.

Le chevalier ne chercha pas longtemps Octave. Il vit la trace que ses petits talons de botte avaient laissée sur le sable, et bientôt il l'aperçut au bout de la chaussée, où il s'était imprudemment aventuré. Il détacha vite sa nacelle de pêche et se hâta d'aller délivrer son hôte, tout en lui criant de l'attendre et de ne pas bouger.

Octave fut très-honteux quand il reconnut la personne qui venait l'arracher à un péril plus sérieux qu'il ne l'imaginait. Ses idées de suicide, comparées à la sérénité d'un homme beaucoup plus éprouvé que lui par la destinée, lui parurent lâches. Son premier mouvement fut donc de donner un air riant et ouvert à sa physionomie bouleversée; il n'eut pas le temps de se demander si le chevalier, averti par sa sœur, venait lui porter secours ou lui demander réparation.

Il vit bientôt que, si Corisande avait parlé, elle n'avait pas tout dit; car le chevalier n'avait rien d'hostile dans les manières.

— Vous aviez entrepris là, lui dit celui-ci en le faisant entrer dans la barque, une singulière promenade ! C'est un endroit où l'on prendrait un bain fort désagréable.

— J'avais une idée sotte, mais une idée fixe, répondit Octave, qui redoutait beaucoup de laisser pressentir son exaltation. Je voulais trouver l'issue de ce labyrinthe aquatique. C'est fort mystérieux, votre propriété, mon cousin ! Est-ce que ça va très-loin comme ça ?

— Assez loin, dit le chevalier ; mais, si vous voulez débarquer à l'autre bout, prenez l'autre perche, et, à nous deux, nous en sortirons dans dix minutes. Hé ! ne vous penchez pas tant, ne cherchez pas le fond ! Il y a au moins trente pieds par ici. Occupez-vous seulement d'éviter les chocs du rivage ; je vais diriger ma pirogue.

— C'est une pirogue, en effet, reprit Octave. C'est creusé dans un gros arbre ?

— Oui, je me suis amusé à cela. C'est commode pour la pêche à la ligne, et aussi pour la chasse aux sarcelles.

— Il y en a beaucoup, je le vois! C'est un endroit charmant et qui ne ressemble à rien.

— C'est un endroit bien négligé, bien abandonné, comme vous voyez! Il faudrait beaucoup de dépenses pour tracer un cours régulier à toutes ces eaux et pour les empêcher de se répandre en marécages dans le bois... Mais... à la campagne, on n'arrive jamais à tout faire!

— Vous manquez de bras dans le pays?

— Nous manquons surtout de ce qui met les bras en mouvement, répondit en souriant le chevalier, qui n'aimait pas beaucoup à faire l'aveu de sa misère, parce qu'il craignait d'avoir l'air de s'en plaindre, mais qui n'en rougissait pas.

— Ceci, reprit Octave, qui s'aperçut de sa gaucherie, perdrait probablement beaucoup à être desséché et ensemencé. Vous devez y récolter en gibier et en poisson...

— De quoi manger tous les jours, répondit M. de Germandre; c'est quelque chose, et, d'ailleurs, je vous confesse que j'aime cet endroit sauvage, où personne autre que moi ne s'aventure. C'est un parc un peu triste... mais il a ses beautés. Si vous voyiez cela au cœur de l'hiver, quand la pleine lune brille sur les glaçons qui pendent de toutes les branches, et qu'il faut se frayer un chemin dans ces girandoles!... et, au printemps, toutes ces petites familles d'oiseaux aquatiques qui sortent des buissons avec leur duvet de la veille!... Dans les grands orages, ça devient plus sérieux; il s'établit des courants qui mèneraient ma pirogue un peu trop vite si je ne les connaissais pas; mais, dans un jour calme comme celui-ci, quand les lacs peuvent être réglés à un niveau toujours frais par les petites cascades de l'écluse, on n'est pas fâché de trouver à sa porte une solitude si profonde.

— Vous avez l'esprit poétique, mon cousin, reprit Octave, et je me sens gagné par votre sentiment de la nature. Tenez, n'allons pas plus loin; n'atteignons pas les limites de votre empire. J'aime mieux me persuader que ces grottes de feuillage conduisent vers la demeure inaccessible de quelque nymphe jalouse de se dérober à nos regards.

— Eh! eh! dit en souriant le chevalier, vous avez là

une idée que j'ai beaucoup caressée dans ma jeunesse ; avant d'avoir réussi à me construire une nacelle, je n'avais jamais (ni moi ni personne) exploré certains recoins de ces eaux dormantes, et, la première fois que je pus aller partout, ce fut avec une peur superstitieuse, comme si j'allais profaner le palais des ondines. Mais vous avez raison : ce qu'on voit ne vaut pas toujours ce qu'on rêve, et nous ferons bien de revenir pour ne pas découvrir un champ de sarrasin au bout de ma forêt enchantée.

Il fit tourner la barque, qui, entraînée par un courant insensible, descendit mollement et lentement vers l'écluse. Ils avaient déposé leurs perches et s'étaient assis vis-à-vis l'un de l'autre, chacun s'attendant à une explication qu'aucun d'eux ne se sentait disposé à provoquer. Octave voyait bien que sa visite inattendue était une sorte d'extravagance s'il n'y donnait un prétexte ; mais il eût fallu savoir comment mademoiselle de Germandre l'avait présentée à son frère. De son côté, le chevalier croyait en savoir assez pour ne devoir paraître s'étonner de

rien, et, n'ayant rien à confesser, rien à expliquer,
il se tenait prêt à répondre doucement à une inves-
tigation quelconque.

La situation devenait délicate, et le silence, en se
prolongeant, semblait la rendre insoluble, lorsque
le jeune capitaine, se voyant à bout d'expédients
préparés en pure perte, se décida à une ouverture
hardie et sincère.

XIII

— Mon cousin, dit Octave tout d'un coup, je parie
que vous vous demandez ce que je suis venu faire
chez vous, ne vous connaissant que depuis hier et
n'étant peut-être pas destiné à vous revoir jamais?
Eh bien, j'ai beaucoup hésité à vous le dire, et je
vas m'en confesser. J'ai été fort impertinent hier

avec vous. Je vous avais pris en grippe à ce point d'inquiéter votre excellente et charmante sœur ; je ne sais si elle vous l'a dit.

Le chevalier fit un signe affirmatif, et Octave continua :

— Eh bien, je me suis reproché mon attitude ridicule et mes paroles dépourvues de sens. J'ai mal dormi ! Ce matin, j'ai enfourché mon cheval sans avoir de parti pris. J'ai continué d'avancer sans être décidé à arriver. Une fois arrivé, j'ai rôdé autour de votre maison sans savoir si je prendrais sur moi d'y frapper. Votre chien m'a flairé, vos enfants m'ont aperçu, votre sœur m'a fait déjeuner. J'ai causé avec elle, et, tout repentant que j'étais de ma conduite envers vous, j'ai recommencé de m'emporter contre vous. Elle eût dû me chasser ; elle a fait pis : elle m'a tourné le dos en me disant qu'elle vous laisserait désormais me rembarrer. J'ai eu tant de chagrin, que les yeux m'en cuisent. Oui, le diable m'emporte ! j'ai pleuré comme un imbécile d'avoir affligé et offensé une parente pour qui je me sentais le cœur d'un frère. Vous voilà, vous venez à moi ; si c'est pour me donner une leçon, je vous déclare que, l'ayant bien méritée, me voilà prêt à la recevoir, le sabre à la main, comme il convient à deux militaires; ou votre main dans la mienne, comme il convient à deux proches parents qui étaient peut-être nés pour s'aimer.

— J'accepte la dernière solution et ses conséquences, c'est-à-dire l'amitié de famille que vous invoquez, répondit le chevalier en prenant la main d'Octave. Je ne suis plus un jeune homme pour m'enflammer à propos d'une parole légère; je ne suis même plus un jeune père, et, voyant en vous un neveu plutôt qu'un cousin, je n'affecterai pas un dépit que je n'éprouve pas. D'ailleurs, vous vous repentez d'une prévention injuste, vous veniez précisément pour la réparer, vous avez regretté un nouvel emportement... Oublions tout cela. Dinez avec nous, et vous repartirez ce soir, *à la fraîche*, comme nous disons ici.

— Et vous ne me demandez pas, reprit Octave, le motif de ma prévention?

Le chevalier se troubla un peu, hésita, se remit,

et répondit avec une certaine autorité qui repoussait un plus ample informé :

— Les préventions ne s'expliquent pas !

Octave sentit ce qu'il y avait de souffrance sous cette réserve. Il avait à cœur de désarmer Corisande et de justifier Hortense des doutes amers que la jalousie d'un prétendant pouvait faire naître chez le chevalier.

— Vous ne voulez pas savoir, je le vois, dit-il ; mais, moi, je veux tout dire. Sachez donc que je me figurais pouvoir aspirer à la main d'une femme qui ne m'a jamais encouragé, et que j'ai ouvert les yeux sur mon absurdité. Cette femme ne m'aime point, elle a bien raison. Je la respecte, elle le mérite à tous égards ; mais je n'ai ni droits ni prétentions sur elle. J'ai tout dit, je le jure sur l'honneur !

— Je n'ai rien à vous répondre, répondit le chevalier contraint et froid : ce que vous m'apprenez là ne me regarde pas.

— N'était-ce pas mon devoir de vous le dire ? Reconnaissez, au moins, que ce n'est pas un mauvais sentiment qui me porte à le faire !

— Je le reconnais, dit le chevalier avec la même gravité ; mais reconnaissez aussi que je suis tout à fait en dehors de la question qui s'agite entre *cette dame* et vous.

— Je peux parler maintenant avec sang-froid de cette question qui vous paraît si délicate. Vous y étiez mêlé malgré vous, puisque j'étais jaloux de vous !

— Mais... vous avouez bien que c'était une rêverie insensée, passez-moi le mot !

— Je vous le passe, à présent que j'en suis revenu.

— Il n'y a pas longtemps, mon cousin ! et cela pourrait vous reprendre. Voulez-vous me promettre?... Mon Dieu ! je ne voudrais pas vous sembler pédant, et le mieux serait de rire avec vous de cette facilité que vous avez de vous monter la tête !...

— Je n'en ris pas toujours, j'en pleure quelquefois !

— Alors... vous êtes un très-bon jeune homme à coup sûr... un peu original ! Je vous aimerai comme vous êtes. Il faut pourtant que vous ne reveniez pas sur le sujet de tout à l'heure. Il ne me semble pas convenable de parler de notre parente comme d'un objet que nous nous disputons. Je ne puis avoir pour elle que des sentiments de profond respect et beaucoup de reconnaissance pour l'intérêt qu'elle a témoigné à mes enfants. Et, quant à vous, mon cousin, quelque motif que vous puissiez avoir d'espérer sa main, je crois qu'il eût mieux valu n'en faire l'aveu à personne, et ne pas prendre pour confidente une jeune fille sans expérience comme ma sœur... Je sais qu'elle a provoqué cette confidence à bonnes intentions, et qu'elle s'imaginait par là conjurer l'imminence d'un désaccord entre vous et moi. Tout cela s'est enchaîné un peu fatalement peut-être : j'accepte ce qui est accompli ; mais insister ne serait pas raisonnable. N'est-ce pas votre avis?

— C'est mon avis, si vous renoncez à croire que j'espère la main d'Hortense; car je ne peux pas vous laisser une pareille erreur dans l'esprit.

— Eh! qu'importe ce que je pense de tout cela? s'écria le chevalier en affectant un sourire qui cachait mal un trouble insurmontable; vous pensez

bien que je ne bavarderai pas sur ce chapitre ; je ne
vois personne... et je ne suis pas né bavard, moi !
Allons, nous voici arrivés ; vous dînerez avec nous,
n'est-il pas vrai ?

— Eh bien, non ! dit Octave : cela m'est impossible.

— Impossible tout de bon ?

— Vous allez en être juge ! Dites-moi, mon cousin, est-ce bien décidé que vous ne viendrez pas demain au château ?

—C'est bien décidé.

—Alors... nous ne nous reverrons peut-être
jamais ; car mon congé finit dans peu de jours, juste
le temps nécessaire pour que je rejoigne mon régiment, qui, je l'espère, ne restera pas longtemps
sans rentrer en campagne. Que j'y rencontre le bou-
let fondu pour moi ou que je traîne encore dix ans
celui qui me lie à une dépendance dont je suis las,
il est bien probable que, si nous nous retrouvons
quelque jour, j'aurai alors la moustache grise et le
cœur desséché. Eh bien, au moment de vous dire
un adieu, sinon éternel, du moins absolu sous cer-

tain rapport, je veux vous ouvrir mon âme tout entière... Ne vous en alarmez pas, au moins! Je vas vous quitter ici. Je ne veux pas rentrer dans votre maison. Je ne reverrai pas Corisande!...

— Corisande? Pourquoi?

— Parce que j'aime Corisande!

— Vous! ma sœur? s'écria le chevalier, dont la figure prit une expression menaçante.

— Hier, reprit Octave avec feu, je croyais aimer Hortense; aujourd'hui, je sais qu'elle vous aime...

— Ah! taisez-vous, monsieur!

— Pourquoi ça? Elle vous aime saintement, fraternellement, et sans que je l'estime moins pour cela. Tout au contraire, si elle avait le courage de suivre son instinct, je la tiendrais pour une femme de cœur plus qu'aucune autre de son monde; mais, sur ce point, c'est à moi de dire comme vous tout à l'heure : Ceci ne me regarde pas. Je n'y reviendrai plus, à moins qu'elle ne me demande conseil, auquel cas je lui dirai que vous êtes le seul homme digne d'elle, entendez-vous? Je ne raille ni ne divague, et, depuis deux heures, j'ai vu parfaitement clair en

15.

moi-même. Ce n'est pas du tout pour parler d'Hortense que j'étais venu ici, c'était pour revoir votre sœur et pour effacer la mauvaise impression que je lui avais laissée; et, quand elle m'a reproché mes défauts, ce n'est pas la confiance d'Hortense, c'est l'estime de Corisande que j'ai pleurée jusqu'à en avoir le cœur brisé... Vous dirai-je tout? Oui, je veux tout vous dire! Quand vous êtes venu me chercher tout à l'heure, j'avais la tête perdue et ma vie ne tenait qu'à un fil. — Ce n'est pas de la passion, non; je ne sais pas aimer, et il est probable que la femme qui m'appartiendra ne sera point heureuse. J'ai trop souffert pour être bon. Il faut donc que j'oublie Corisande et que je la félicite en moi-même du peu de cas qu'elle fait de moi; mais il est bien certain qu'elle m'a révélé un côté de moi-même qui vaut mieux que je ne pensais. Une femme comme elle, si sage, si douce, si dévouée et si ferme eût pu faire le miracle de me guérir. Mais je ne peux pas aspirer à elle. Je ne possède rien, je n'ai aucune des aptitudes, aucune des connaissances qui conviendraient à la vie des champs, et, si je quittais

l'état militaire, je ne pourrais en embrasser aucun
autre. Je serais donc un surcroît, et un surcroît
fâcheux, méprisable peut-être dans une famille labo-
rieuse et gênée comme la vôtre. Donc, je m'en vas
bien vite pour ne jamais revenir... à moins que,
devenu vieux... et général... si jusque-là votre sœur
persiste à ne pas se marier, — qui sait? Le temps
des vaines amours passé, je serai peut-être un excellent homme, capable d'une amitié sérieuse et digne
d'une affection durable. Adieu, mon cousin! ne dites
rien de tout cela à Corisande. Elle me mépriserait
d'autant plus. Dites-lui seulement mon repentir, et
qu'elle pense à moi quelquefois dans ses prières.
Adieu!

Octave serra avec force la main du chevalier et
s'enfuit avant que celui-ci fût revenu de sa surprise.
Mais, une minute après, Octave revint sur ses pas :

— Attendez pourtant, dit-il : une idée! — la plus
folle de toutes! si j'héritais demain, par hasard? Eh
bien, alors, si demain j'étais riche, je quitterais l'état
militaire et je vous demanderais la permission de
revenir vous voir.

—Octave, mon cher enfant... adieu! Oui, adieu! dit le chevalier attendri, gagné, mais ne voulant pas céder à son émotion.

Il sentait que ce jeune homme était sous l'empire d'une conviction peut-être passagère, mais naïve et généreuse. Il le serra dans ses bras et ajouta :

— Partez! partez! il ne faut pas que ma sœur sache un mot de tout cela !

— Vous lui laisserez croire que je suis épris d'Hortense?

— Cela vaut mieux ainsi. Allons, ne faiblissez point. Partez !

Octave alla retrouver ses chevaux et repartit avec la *furia* d'une charge de cavalerie.

— C'est un charmant garçon, un excellent enfant, dit le chevalier à sa sœur lorsqu'elle l'interrogea. Il a une tête bien exaltée avec son air moqueur, qui croirait cela? Mais le cœur est bon et les instincts sont nobles. Nous nous sommes embrassés. Es-tu tranquille à présent?

— Oui, sans doute. Mais pourquoi est-ce qu'il est parti sans me dire adieu ?

— Tu regrettes de ne pas avoir reçu ses adieux ? dit le chevalier en attachant sur elle un regard pénétrant dont il sut voiler l'inquiétude.

Corisande pourtant ne s'y trompa point. Quoiqu'elle fût de ces âmes rares qui semblent destinées à planer au-dessus des orages de la vie, elle avait de la finesse autant qu'une autre femme. Elle avait, après une secrète hésitation intérieure, résultat de sa modestie, compris les dernières paroles d'Octave. Sa visite, son emportement, ses larmes, lui étaient dès lors expliqués assez clairement. Elle ne savait encore si elle devait s'offenser d'une amitié si vive. Le chevalier, en lui faisant l'éloge d'Octave, rassurait sa fierté et donnait à sa dignité alarmée une réelle satisfaction. En le voyant l'examiner à la dérobée avec une certaine anxiété, elle devina qu'Octave avait ouvert son âme sans réserve, et, voulant savoir comment il s'était exprimé, elle demanda à son frère pourquoi il la regardait ainsi.

— Je ne te regardais pas du tout, répondit le chevalier; je pensais à autre chose.

— Point! reprit Corisande. Ce n'est pas vous qui

pouvez me donner le change sur vos idées. Parlez-
moi franchement, je n'ai pas de secrets pour vous.

— Des secrets! je l'espère bien! Est-ce que tu
peux avoir des secrets, toi?

— Si j'en avais, vous le sauriez. N'en ayez donc
pas avec moi. Racontez-moi de quelle façon Octave
vous a parlé de moi.

Le chevalier hésita; puis, saisi par un scrupule
de délicatesse :

—Sœur, dit-il, ce jeune homme te trouve aimable,
plus aimable que *celle* qu'il aimait ou croyait aimer
hier. Il m'a dit qu'il était fâché de ne pouvoir t'offrir
une existence quelconque, et qu'il n'était, d'ailleurs,
pas sûr de pouvoir rendre une femme heureuse,
même une femme qu'il aimerait beaucoup. Il est
parti en disant qu'il ne voulait pas te revoir, mais
que pourtant, s'il héritait demain, il reviendrait,
moyennant ta permission et la mienne. Que penses-
tu de tout cela?

— Je pense qu'il ne reviendra pas, parce qu'il
n'héritera pas, et que, s'il héritait, vous ne le laisseriez pas revenir.

— Pourquoi, je te prie?

— Parce que ce serait inutile. Je ne me veux point marier.

— Parce que tu veux te consacrer à mes enfants, je sais ça, et tu sais, toi, que je n'entends pas de cette oreille. Un jour où tu rencontreras un cœur pour le tien, j'entends que tu ne te sacrifies pas.

— C'est bon, c'est bon, mon frère; nous avons le temps d'y penser. Je n'ai point rencontré ce cœur-là.

Corisande était-elle bien sûre de ce qu'elle avançait? Elle parlait avec une tranquillité qui persuada son frère et qui la persuada elle-même. Les âmes courageuses paraissent quelquefois fanfaronnes, et l'on croit volontiers qu'elles *posent* la force et manquent de sincérité. Il n'en est rien pourtant; ces âmes-là souffrent comme les autres, il est vrai; mais elles n'ont point égard à leurs propres souffrances, et, quand elles les nient, c'est pour ne point tourmenter et affliger les objets de leur affection.

Corisande eut un peu de mélancolie intérieure en songeant à l'isolement auquel elle s'était vouée;

mais elle réagit puissamment contre elle-même en ne voulant s'occuper que de son frère.

Le chevalier, bien que sans espoir aucun de revoir Hortense, se sentait allégé d'une secrète amertume. Hortense n'avait jamais aimé Octave, Octave ne songeait plus à se faire aimer d'elle.

— Elle passera peut-être encore un an ou deux sans aimer personne, se disait l'homme de campagne, et, pendant ce temps-là, je guérirai, j'oublierai peut-être.

Corisande, fatiguée tous les soirs du travail incessant de la journée, avait coutume de s'endormir comme les enfants, c'est-à-dire aussitôt que sa tête avait touché l'oreiller. Ce soir-là, elle ne s'endormit pas si vite, et entendit son frère qui causait à voix basse dans son lit avec Lucien. Cela dura si longtemps, qu'elle s'en étonna. Elle se réveilla vers minuit, et vit le chevalier assis devant son bureau et feuilletant avec ardeur ses vieux livres.

— N'êtes-vous point malade, que vous ne dormez pas? lui dit-elle.

— Et toi-même, répondit le chevalier, pourquoi

t'éveilles-tu? Je n'ai pourtant pas fait de bruit!

Corisande se rendormit assez profondément. Quand elle se leva, elle fut surprise de voir que le chevalier avait remis ses habits de la veille.

— Ton père a donc été aux champs avec ses habits du dimanche? dit-elle à Lucien, qui se levait aussi.

— Papa n'est point allé aux champs, répondit Lucien. Je ne l'ai pas entendu partir; mais il m'a dit, hier au soir, qu'il retournerait de grand matin au château du grand-oncle, et, tu vois, il y est retourné!

— Eh bien, comment donc? avec la grise qui est quasi fourbue?

— Non! il m'a dit qu'il emprunterait le grand poulain du meunier et qu'il irait à cheval.

— Allons donc! Il a pris cette bête méchante qui n'a jamais voulu être montée et qui a tué le fils aîné du meunier? Cours vite savoir si c'est vrai!

Pendant que Lucien courait, Corisande habillait la petite, et, à tout événement, se préparait à partir aussi. Quand Lucien revint lui dire que le chevalier était parti au grand galop sur la bête enragée, elle fut prise d'un battement de cœur et devint pâle.

— Tu as mal fait de ne pas m'avertir de l'idée de ton père, dit-elle à l'enfant, qui commençait à s'alarmer aussi; il y a longtemps qu'il n'a eu l'occasion de faire le cavalier, et nous n'allons pas rester là tranquilles pendant qu'un accident peut l'arrêter en chemin. Viens, petit; viens, Margot; allons-nous-en du côté qu'il a pris, et nous marcherons le plus loin que nous pourrons, en demandant partout si on l'a vu passer et si le cheval paraissait soumis.

Le chevalier était déjà loin. Il était parti avant le jour. Il arriva au château juste au moment où l'on allait fermer les portes du laboratoire. Tous les héritiers y étaient réunis pour l'épreuve.

Quand Hortense le vit paraître, l'œil ardent, le front baigné de sueur, avec ses bottes tachées du sang de sa monture et ses cheveux en désordre, essoufflé encore de la course désespérée qu'il venait de fournir en combattant toujours de la bride et de l'éperon les caprices d'une bête sauvage, elle eut peur de cet homme qu'elle s'était flattée d'oublier, et se crut dominée par une fatalité victorieuse.

Octave seul fit une exclamation de joie et courut serrer les deux mains du chevalier, tout en regardant si la porte n'allait pas se rouvrir derrière lui pour faire entrer Corisande.

— Je suis venu seul, lui dit le chevalier avec une intention à la fois sévère et souriante.

— Mais vous êtes venu, c'est déjà beaucoup, reprit Octave. L'espérance me revient, j'hériterai peut-être, et alors...

— Ne nous montons pas la tête; il est bien probable que personne ne réussira.

— Surtout si l'on continue à ne pas vouloir essayer. Il se passe ici depuis deux heures quelque chose d'inouï. On prétend que le sphinx est un arsenal dont les entrailles vont vomir la mort sur les assistants, et il a été même question de s'enfuir en rase campagne, vu qu'il suffit de souffler sur le coffret pour voir le manoir s'écrouler comme un décor d'opéra.

— Cependant personne ne manque à l'appel?

— Non; mais vous voyez que l'on se fourre dans

les encoignures, et qu'il y a des figures longues comme le bras, même celle de notre charmante cousine Hortense.

— Croyez-vous donc à cette sotte rumeur? dit le chevalier, qui s'était approché de madame de Sévigny et de sa mère pour les saluer.

— Nous ne croyons à rien, répondit madame de Germandre devançant sa fille; c'est vous dire que nous avons peur !

— Mais non, maman, dit Hortense, c'est vous qui avez peur! moi, je ne crois pas à une chose aussi odieuse à supposer.

— Qui donc a fait courir ce bruit? demanda le chevalier.

— Personne et tout le monde. L'abbé a commencé par faire des questions qui ont semé l'épouvante. Maman a fait demander le valet de chambre qui s'intitule M. de Labrèche, et, devant le juge de paix *ici présent,* on l'a sommé de prêter serment et de dire *toute la vérité.* Il a juré ne rien savoir; par conséquent, il n'a pas pu jurer qu'il n'y eût aucun engin de destruction dans le sphinx. Cette conséquence si

logique a redoublé l'effroi général, et nous voilà tous
ici faisant la chose la plus ridicule qu'on puisse ima-
giner, mourant à la fois de peur et d'impatience,
voulant et ne voulant pas, criant et riant tour à tour.
Nous ressemblons à un hôpital de fous, que vous en
semble?

En effet, une agitation bizarre régnait dans l'assemblée. Le notaire et le juge de paix, qui n'étaient
point aptes à hériter, ne voyaient pour eux que la
chance d'être ensevelis sous les décombres du château, et le greffier était pâle comme la mort. A eux
trois, ils résistaient encore à l'impatience fiévreuse
d'Octave et de quelques autres non moins hardis ;
mais la plupart des prétendants bourdonnaient entre
eux comme un essaim d'abeilles qui cherche à se
poser et qui ne se décide à rien.

Ces groupes noirs se divisaient, se rapprochaient,
choisissaient une place, voulaient partir, voulaient
rester. C'était une scène de confusion qui dura plus
de deux heures. On mandait et on interrogeait tour
à tour tous les gens du défunt, tous les ouvriers qui
avaient travaillé pour lui. Aucun ne pouvait répon-

dre ; mais tous, se voyant en scène et gravement
consultés, se prenaient pour des personnages et ren-
daient compte de leur opinion personnelle. Les uns,
ingénus et comiques, partageaient la terreur qui
leur était suggérée ; les autres, non moins contents
d'eux-mêmes que Labrèche, faisaient l'esprit fort et
dédaignaient l'idée du péril. L'assemblée, tantôt
rassurée, tantôt consternée, suivait les diverses fluctuations des interrogatoires, et le juge de paix mettait aux voix la proposition d'attendre le résultat
d'une enquête de plusieurs semaines.

La majorité allait voter oui, lorsque le chevalier
déclara qu'il voulait, pour son compte, s'en tenir à
la lettre du testament.

— Je n'ai pas le temps de revenir ici, dit-il ; je
veux me débarrasser d'une épreuve que je considère
comme une simple formalité, à l'effet de laisser le
champ libre aux autres. Le testament porte que
cette épreuve sera faite d'abord par les plus proches
parents ; je ne comprends pas, dès lors, l'inquiétude
du plus grand nombre, puisque nous sommes ici
trois ou quatre qui assumerons sur nous le danger

de la première tentative. Il me semble que, si, comme je n'en doute pas, nous en sortons sains et saufs, tout le monde pourra être tranquille.

— Eh! oui, certes, dit Octave, nous sommes ici quatre de la première série : madame de Sévigny, M. l'abbé de Germandre, M. le chevalier et moi. Nous demandons le tirage au sort. Quand nous serons hors de cause, la seconde et la troisième série agiront comme bon leur semblera.

XIV

Cet avis fut admis à l'unanimité, et madame de Germandre laissa mettre dans la corbeille le nom de sa fille, résolue, s'il sortait le premier, à lui faire céder son tour au chevalier ou au capitaine.

— Et le nom de votre sœur? dit Octave au chevalier. Il aurait le droit d'y être, et il n'y sera pas!

— Il y sera, répondit le chevalier, et ceux de mes enfants y seront aussi !

Octave suivit les yeux de son cousin et vit que l'on venait d'introduire Corisande, qui, grâce à la diligence rencontrée en chemin, arrivait avec Lucien et Marguerite. Lucien avait babillé en route, et mademoiselle de Germandre commençait à croire que l'enfant ne déraisonnait pas. Elle alla s'asseoir auprès d'Hortense, qui la mit au courant de ce qui se passait. Corisande regarda comme une fable absurde le prétendu piége tendu aux héritiers, et donna sans hésiter son nom et celui des deux enfants.

Le premier qui sortit fut celui de l'abbé de Germandre. Il salua gracieusement la compagnie, se fit ouvrir la balustrade et alla se placer dans l'intérieur. Son air enjoué rassura tout le monde, et les plus timides sortirent des encoignures pour voir ce qui allait advenir.

L'abbé ne croyait pas au danger dont il avait effrayé les autres. Il avait, depuis vingt-quatre heures, étudié, dans divers traités de mécanique expérimentale, tous les systèmes possibles applicables à la circonstance. Il n'était pas plus crédule qu'un autre et sa confiance n'était pas jouée ; mais, chose étrange ! à peine fut-il aux prises avec l'objet de sa convoitise, qu'il se sentit faiblir. Il n'en laissa rien paraître, et, s'abstenant de toucher à quoi que ce soit, il eut l'air de ne vouloir s'en remettre, pour commencer, qu'à un examen visuel.

Ceci dura cinq minutes qui parurent un siècle, et durant lesquelles l'abbé se fit le raisonnement suivant :

— J'ai une jolie aisance, je ne manque de rien, je n'ai pas d'enfants et je suis un des hommes les plus libres et les mieux portants qui existent. Pourquoi risquerais-je ma vie pour de l'argent ? Il y a quatre-vingt-dix-neuf chances contre une que je ne la risque pas ; mais cette centième chance qui est la mauvaise !... Non ! je ne toucherai à rien !...

Cinq minutes s'écoulèrent encore, et un murmure d'étonnement commença à s'élever. Dans la confusion des voix, l'abbé distingua celle d'Octave, qui était fort claire, et qui disait au chevalier :

— Notre oncle a peur, le diable m'emporte !

16

L'abbé avait de l'amour-propre. Il avait été beau, il aimait les femmes, il avait encore des prétentions. L'idée de passer à leurs yeux pour un homme d'Église lui était insupportable. Il s'arma de résolution et allongea une main, assurée en apparence, sur la tête du sphinx ; mais, au moment d'y toucher réellement, il fut pris de vertige et se sentit défaillir.

Trois fois il voulut vaincre son malaise ; il lui passait des sueurs dans tout le corps.

Les dames ne le regardaient pourtant pas ; le juge de paix, fort peu rassuré, avait exigé qu'elles se tinssent derrière les encoignures, afin d'avoir le prétexte de s'y retrancher lui-même ; mais l'impitoyable Octave était planté tout au beau milieu du laboratoire avec le chevalier et quelques autres, et, à chaque nouvelle tentative comme à chaque nouvelle hésitation de l'abbé, il disait entre ses dents, de manière pourtant à être entendu de tout le monde :

— Allons donc ! courage ! Diable ! est-ce que ça le brûle ? Encore ? Il y touchera, il n'y touchera pas. Voyons ! le cher oncle perd son temps à regarder !

Ainsi le moindre geste de l'abbé était signalé et

interprété, séance tenante, à la partie intéressante du public.

L'abbé, surexcité, mais incapable de surmonter son horreur pour la mort ou pour une blessure qui l'aurait défiguré, craignit de se trouver mal. Il avisa la face blême et grêlée de Labrêche, qui, laissant le corps derrière la muraille, allongeait bêtement et démesurément le cou pour voir l'événement.

— Monsieur Labrêche, dit l'abbé d'une voix un peu éteinte, ouvrez donc cette fenêtre derrière moi; on étouffe ici !

Labrêche obéit d'abord par un mouvement d'habitude servile; mais, tout aussitôt, il se retira en disant :

— Pardon, monsieur l'abbé, ceci n'entre pas dans mes attributions.

A force de faire le dégagé, Labrêche, à l'exemple de l'abbé, s'était laissé envahir par la crainte. Il ne voulait pas s'exposer, dût-il perdre sa place. L'abbé alla lui-même ouvrir la fenêtre avec humeur. Il revint, promena une main désormais visiblement agitée sur la croupe du sphinx, l'effleurant à peine.

Tout à coup sa vue se troubla, les jambes lui man-
quèrent, il exhala un gémissement sourd et s'affaissa
sur lui-même.

On accourut à son aide. Octave le porta auprès de
la fenêtre, tandis que les vieillards et les femmes
effrayés, sortant de leur retranchement, s'enqué-
raient avec angoisse.

— C'est une attaque d'apoplexie?

— Non! c'est qu'il a trop déjeuné!

— Bah! ce n'est rien, c'est la chaleur, le temps
est à l'orage.

— Ne croyez pas ça, il a reçu une commotion terrible, je l'ai vu!

— C'est donc une machine électrique?

— C'est une machine infernale de nouvelle invention.

— Il y a peut-être des lames de poignard qui sortent quand on appuie sur la tête du monstre?

— N'est-il pas blessé? Oui, il a du sang sur la poitrine, je le vois!

— Eh! non; on lui a ouvert sa chemise, et vous
voyez son gilet de flanelle.

— En tout cas, il a été frappé par quelque chose, il a crié !

— Eh ! non, répondait Octave à tous ces commentaires qui s'entre-croisaient autour de lui : il n'a touché à rien. Sa main a glissé à peine sur le métal, je vous en donne ma parole.

— Eh bien, qu'a-t-il donc ?

— Mon Dieu, il a eu peur, voilà tout !

— Ah ! c'est particulier ! dit un vieux gentilhomme qui n'avait pas encore osé quitter son refuge, et qui se hasarda en cet instant à montrer sa moustache grise taillée à la Henri IV ; c'est tout à fait original !

— Voulez-vous prendre sa place ? dit Octave en riant.

— Ce n'est pas mon tour, répondit sèchement le bonhomme en retournant à son fauteuil.

L'abbé revint à lui-même ; mais il refusa de profiter du temps qui lui restait pour continuer l'épreuve.

— C'est inutile, j'ai bien examiné, dit-il ; je n'ai rien deviné, rien compris, et l'effort de l'attention m'a rendu malade ; en sortant de table !... Non,

16.

non, j'en ai assez; j'y renonce. Qu'un plus habile
se présente.

— Le sort en décidera, dit Octave.

On retourna au tirage. Le nom du chevalier sortit.

Un éclair de joie extraordinaire jaillit de ses yeux,
et il se plaça dans la balustrade avant qu'elle fût
rouverte, en sautant par-dessus.

— Voyez donc, cousine, dit Octave tout bas à
Hortense; il est agile comme un garçon de quinze
ans !

—Mais pourquoi donc, depuis ce matin, répondit-
elle, me persécutez-vous de l'éloge du chevalier?
Est-ce une nouvelle manière de vous moquer de lui?

— Hélas! reprit Octave, voilà le châtiment de ma
méchante humeur. Quand je dis ce que je pense,
vous ne me croyez plus !

— Ce n'est pas cela... Mais je ne comprends pas
le changement...

En cet instant, Corisande s'avançait pour regarder
son frère, et Octave lui dit avec expansion :

—Cousine, je vous jure que je fais des vœux pour
lui, peut-être plus que vous-même !

Hortense vit dans les traits d'Octave une expression qu'elle ne leur connaissait pas.

— Ah ! si fait, je comprends, dit-elle en lui souriant et en serrant la main de Corisande.

Tous les yeux étaient fixés sur le chevalier. L'accident ridicule survenu à l'abbé n'avait pourtant pas fait rire tout le monde. Plusieurs se faisaient expliquer et d'autres expliquaient de la manière la plus fantastique les effets de l'électricité, la pile de Volta, la foudre évoquée par des combinaisons métalliques et mille autres choses fort étonnées de se trouver mentionnées à propos d'un coffret en bois des îles.

Le chevalier cependant était planté devant le sphinx et le regardait d'un air absorbé, les mains dans ses poches. Cela dura quelques instants.

— Eh bien, lui cria Octave, vous ne touchez pas non plus ?

— Pas encore, répondit en souriant le chevalier. Je commence par trembler.

— Vous ? Allons donc !

— Il faut bien faire ce que l'on me commande,

reprit l'homme de campagne avec un air de gaieté extraordinaire.

— Et qui vous commande cela ?

— Ah ! c'est mon secret ! Mais j'ai assez tremblé. Ne me parlez plus, Octave ! Ceci n'est pas la chose la plus facile du monde, et je comprends pourquoi l'effort de l'attention a fait évanouir tout à l'heure...

— Ah ! mon Dieu ! murmura Hortense involontairement et avec un sentiment de douleur insurmontable, est-ce qu'il a peur aussi ?

— Il a peur de ne pas réussir, dit Octave.

— Voyez ! dit le notaire, sa figure est très-riante !

— Moi, dit une douairière, je trouve qu'il serre les lèvres et fronce le sourcil comme un homme qui souffre.

— Et moi, disait Labrèche à ses voisins, je crois qu'il y a *un fluide* qui asphyxie ceux qui approchent trop de l'instrument.

Corisande ne comprenait pas les divagations prétendues scientifiques à propos du fluide. Elle commença à s'étonner, et, à un moment où la figure de son frère lui parut véritablement contractée, -

elle s'inquiéta et regarda Hortense attentivement.

Hortense ne s'était pas retirée cette fois. Malgré l'invitation du juge de paix et les instances de sa mère, elle restait debout assez près du sphinx, au milieu de la dernière arcade du laboratoire et complétement à découvert en cas d'explosion ; elle ne pensait pas à elle-même.

Tout à coup un frémissement d'inquiétude lui échappa. Le chevalier venait de frapper du plat de la main sur la partie du coffret qui lui faisait face. Rien n'avait bougé, mais l'épreuve était commencée, et, comme il avait toujours les yeux fixés sur la statuette, il semblait qu'il s'attendît à quelque chose d'extraordinaire.

Tout le monde s'émut ; Octave lui-même fit une exclamation d'intérêt, et Corisande fut saisie de terreur sans savoir pourquoi.

Elle se leva et retira d'autorité Lucien, qui faisait mine de s'élancer avec joie vers son père, en s'écriant :

— Eh bien, papa ?

— Oui ! oui ! répondit le chevalier. Mais vous faites

trop de bruit. Va-t'en, Lucien. Emmène la petite, ça me distrait. Il y a là une fantaisie!... ajouta-t-il comme en se parlant à lui-même. Ah!... une faute! une faute énorme! ou bien... c'est un piége!

Le chevalier parlait d'un piége tendu à l'intelligence de l'expérimentateur; mais le mot, interprété par la peur, fit que tout le monde se leva et se précipita en tumulte vers la sortie, excepté Octave, Hortense, que sa mère voulait en vain entraîner, Corisande, qui s'était héroïquement élancée vers la grille, Lucien, qui escaladait la balustrade, et Labrèche, qui était tombé en faiblesse sur son banc.

— Allez-vous-en, allez-vous-en, dit vivement le chevalier à sa sœur et à son fils; vous me dérangez, vous allez tout perdre.

— Mon frère, dit Corisande avec énergie, en voilà assez. Notre oncle n'a pas voulu de ses parents pour hériter, et vous n'êtes pas tranquille, puisque vous voulez nous renvoyer. Eh bien, voyez, vos enfants sont là, et moi aussi, j'y suis. Nous resterons et nous périrons avec vous. Est-ce là ce que vous voulez? Pourquoi donc souhaitez-vous tant aujourd'hui la richesse, quand, jusqu'à cette heure, vous avez été un homme sage et soumis au travail? Non! non! je ne vous laisserai pas continuer; car la rage qui vous a pris, ce matin, de monter sur un cheval méchant et de venir ici risquer je ne sais quelle mort, n'est pas d'un bon père de famille. Vous avez une autre idée, mon frère! une idée qui ne vaut rien pour vous, puisqu'elle vous fait oublier ceux à qui vous vous devez.

— Oui, s'écria Hortense emportée par un irrésistible mouvement, il a une idée fausse : c'est qu'une femme de cœur ne pourrait être à lui qu'à la condition d'épouser la fortune, et il se trompe, je jure qu'il se trompe!

— Oh! mon Dieu! murmura le chevalier éperdu.

— Vous l'entendez, mon cousin! dit Octave. S'il y a réellement le moindre danger pour vous, n'allez pas plus loin.

Le chevalier hésita un instant. Les paroles d'Hortense l'avaient bouleversé. Il la regardait avec ivresse et semblait avoir oublié son œuvre. Mais la mémoire lui revint, et il jeta un cri en regardant la pendule, qui ne lui accordait plus que cinq minutes.

— Ah! laissez, laissez! dit-il en reprenant son examen; un homme de cœur doit tout faire pour le bonheur de celle qu'il aime, et un père doit à ses enfants de s'exposer pour eux. Donc, s'il y avait du danger..., mais il n'y en a pas; croire à cela serait outrager la mémoire de notre oncle. Mon Dieu! tu le vois, s'écria-t-il avec exaltation, j'ai le respect de la mort, j'ai la foi, j'ai l'amour... Donne-moi donc la lumière !

Vaincue par sa conviction et sa volonté, la famille s'éloigna de la grille. Rappelé par la curiosité, le reste de l'assemblée rentra dans la salle. A peine eut-on laissé au chevalier un moment de calme qu'il s'écria :

— J'y suis !

Alors, regardant les trois minutes qui lui restaient, il toucha rapidement, mais avec méthode, les griffes du sphinx, non pas les unes après les autres, mais comptant à voix basse celles qu'il devait alternativement attaquer, y revenant pour compter encore, en touchant quelquefois deux ou trois ensemble

avec ses doigts, enfin obéissant à un calcul de nom-
bres qui semblait lui être dicté par un esprit invisible.

L'opération terminée, il frappa légèrement sur le
coffret, dont les quatre parois tombèrent à la fois
avec le son musical d'un accord parfait produit par
un harmonica. La pendule sonna quatre heures, et,
le notaire appelé par le chevalier, ainsi que le juge
de paix et tous les témoins, on lut au fond du coffre
cette inscription gravée sur bronze :

« A toi ma fortune et mes ouvrages, puisque, sur
les mystérieux ornements du sphinx, tu as su distin-
guer des caractères d'écriture ancienne appartenant
à quatre langues différentes et faire le calcul indiqué
en formules abrégées.

» Sois libre, si tu étais esclave du travail. Sois
généreux, si tu étais avare. Sois mon obligé, si tu
étais mon ennemi. »

Le chevalier, sommé de lire ce qui était inscrit
sur les ornements du sphinx, lut : *Tremble !* —
Espère ! — *Cherche !* — et rendit un compte succinct
et parfaitement exact de l'opération mathématique

17

indiquée sur le bord du socle et que tout le monde
avait prise pour un ornement. Le nombre 8 étant
figuré à diverses reprises au commencement de
chaque opération, le chevalier avait compris qu'il
fallait procéder par les huit ongles du sphinx; et,
une fois maître du point de départ, le reste avait été
une simple question de lecture, facile pour un
numismate exercé. Il expliqua modestement que ce
qui l'avait embarrassé et distrait provenait de fautes
assez graves ou de caprices très-arbitraires dans les
caractères employés. Le marquis avait voulu être
plus savant que la science, et il avait fallu deviner
ce qu'il avait compliqué par mégarde ou par système.

Le chevalier rapporta tout l'honneur de son succès au petit Lucien, qui, ne sachant encore aucune
langue ancienne, mais ayant souvent regardé *les
images* des cahiers de son père, avait découvert, la
veille, la ressemblance de certains signes bizarres de
la bordure du sphinx avec certaines figures hiéro-
glyphiques du manuscrit. Le chevalier, lancé sur
cette voie, avait étudié le mystère sans trop de dévia-
tion.

Il referma le coffre pour prouver qu'il ne l'avait aucunement forcé, et le rouvrit plusieurs fois avec une facilité extrême.

C'est ainsi que le chevalier devint marquis de Germandre et fut mis sans conteste à la tête d'une fortune considérable.

Une heure après, il ne restait, de cette nombreuse assemblée, que le nouveau seigneur de Germandre et sa famille, Hortense, Octave et la baronne. L'abbé lui-même était parti assez souffrant et craignant, disait-il, de tomber malade, loin des soins dont il avait l'habitude. Le châtelain n'avait pas cru devoir retenir les autres personnes ; il ne trouvait pas convenable d'avoir l'air de fêter sa victoire dans une maison dont la porte était encore tendue de deuil. Il supplia seulement sa cousine et son cousin de ne pas le quitter avant deux ou trois jours. Hortense ne jugeait pas la chose convenable; mais sa mère, qui tout d'un coup avait trouvé M. de Germandre jeune, beau, instruit, parfait, déclara qu'on lui devait, ainsi qu'à sa sœur, d'accepter l'invitation pour ne pas paraître jalouser leur bonheur.

— Et moi, mon cher cousin, dit tout bas Octave, est-ce que je ne devrais pas m'en aller?

— Non! répondit en souriant le chevalier; si vous eussiez hérité à ma place, vous ne me laisseriez pas partir ainsi!

— Non, certes!

— Eh bien, restez; nous avons à causer sérieusement.

— Et moi, monsieur, dit Labrèche en s'avançant avec une grâce pleine de dignité, dois-je quitter la maison?

— Jamais, monsieur *de* Labrèche, répondit le chevalier en riant; ne m'avez-vous pas fait hier l'honneur de trinquer avec moi? Daignez nous faire servir le dîner, et faites part à M. le capitaine de ce madère que vous connaissez si bien.

Après le dessert, le chevalier passa sur la terrasse avec Octave.

— Mon cher cousin, lui dit-il, êtes-vous toujours décidé à quitter le service si vous vous mariez?

— Oui, mon cousin, et si la guerre n'est pas déclarée; auquel cas, j'aurais mauvaise grâce à ne pas tenter de gagner mes épaulettes de colonel.

— Voilà qui est bien pensé; allez donc à la guerre s'il le faut; mais, après cette campagne, revenez ici. Ma sœur, ayant toujours voulu abandonner son pauvre avoir à mes enfants, a bien droit à une belle dot. Tâchez alors de vous faire aimer d'elle. Je serai heureux si vous y parvenez, et croyez bien que ce ne sera pas difficile si vous êtes toujours ce que vous êtes depuis vingt-quatre heures.

— Eh bien, et vous? dit la baronne, qui s'était glissée derrière eux et qui écoutait; est-ce que vous ne songerez pas à vous remarier, cher cousin?

— Ah! madame! s'écria le chevalier, si j'osais...

— Vous êtes forcé d'oser, dit Octave; car Hortense vous aime et vous l'a dit clairement en vous suppliant de rester pauvre!

Le chevalier rentra comme un fou dans le salon, où Hortense s'entretenait avec Corisande; chacune d'elles tenait un des enfants sur ses genoux.

Le chevalier, voyant sa petite dans les bras d'Hortense, dit à celle-ci d'une voix émue :

— Eh bien, madame, voulez-vous toujours être sa mère?

Madame de Sévigny ne trouva pas un mot à répondre. Elle était devenue aussi timide avec l'homme de campagne que celui-ci l'avait été, deux jours auparavant, avec elle; elle serra Marguerite contre son cœur en cachant son visage dans les cheveux blonds de l'enfant.

Le chevalier se sentait éloquent. Il allait dire les plus belles choses du monde; mais il ne les dit pas, car il fondit en larmes en tombant aux pieds de sa fiancée.

Un an après, la veille du double mariage des deux cousins et des deux cousines, les boiseries et les fresques satiriques du château furent enlevées avec soin et transportées dans le musée de la province, les hommes de la famille de Germandre disant avec raison que ces sujets cruels et sinistres ne devaient plus attrister une maison où l'amour et la confiance étaient désormais sûrs de régner.

Chambéry, 5 juin 1861.

FIN

PARIS. — IMPRIMERIE DE J. CLAYE, RUE SAINT-BENOIT, 7.

Contraste insuffisant

NF Z 43-120-14

www.ingramcontent.com/pod-product-compliance
Lightning Source LLC
Chambersburg PA
CBHW071859020726
47502CB00003B/822